KB112238

나무를 다루는 직업

나무를 다루는 직업

깎고 만드는 작업자의 삶

함혜주

마음산책

나무를 다루는 직업

깎고 만드는 작업자의 삶

1판 1쇄 인쇄 2024년 4월 10일
1판 1쇄 발행 2024년 4월 15일

지은이 | 함혜주
펴낸이 | 정은숙
펴낸곳 | 마음산책

편집 | 성혜현 · 박선우 · 김수경 · 나한비 · 이동근
디자인 | 최정윤 · 오세라 · 한우리
마케팅 | 권혁준 · 김은비 · 최예린
경영지원 | 박지혜

등록 | 2000년 7월 28일(제2000-000237호)
주소 | (우 04043) 서울시 마포구 잔다리로3안길 20
전화 | 대표 362-1452 편집 362-1451   팩스 | 362-1455
홈페이지 | www.maumsan.com
블로그 | blog.naver.com/maumsanchaek
트위터 | twitter.com/maumsanchaek
페이스북 | facebook.com/maumsan
인스타그램 | instagram.com/maumsanchaek
전자우편 | maum@maumsan.com

ISBN 978-89-6090-872-7 03810

* 책값은 뒤표지에 있습니다.

니를 지언계로 상징할 수 있다면

단연 나무이길 바랐다.

회색 지대에서

지구상에 있는 모든 생명체는 무언가가 되기 위해 살아가지 않는다. 꽃도 나비도 물고기도 태어난 그 자체로 온전하다. 나무 씨앗이 나무가 되기 위해 살아가지 않는 건, 이미 그가 나무이기 때문이다. 씨앗은 불어오는 바람을 타고, 다람쥐의 손에 담겨, 산새의 부리에 물려 땅에 닿고, 사방으로 몸을 열면서 뿌리를 내린다. 그리고 햇볕과 비를 먹고 사계와 어울리며 제 삶을 이어간다.

어떻게 하면 이 귀한 생을 나 자신으로 진실되게 살아갈 수 있는가에 몰두했기에, 작업실을 꾸린 뒤에도 직업을 묻는 이들에게 선뜻 대답할 수 없었다. 마치 제 삶을 이어갈 뿐인 나무에게 무엇이 되었고 무얼 하고 있느냐고 묻는 듯한 어색

7

한 기분이 들었다. 살아간다는 몸짓을 어떤 직업으로 표현해야 할지 난해했다. 언젠가 '네 직업은 목수야'라고 세상이 말했을 때, 긍정도 부정도 하지 않았다. 솔직히 뭐라 부르든 개의치 않았다. 언제나처럼 나무를 다루는 나로 살아가는 것에 집중했다. 하지만 막상 직업 에세이로 내 일상을 엮으려 하니 과연 직업인으로서 무슨 이야기를 할 수 있을지 고민이 깊었다. 편의상 목수라는 이름을 써왔지만 세상이 명명한 직업 하나가 내 일과 삶을 대표할 수는 없었다. 나의 이삼십대를 돌아보며 직업의 의미를 생각했다. 직업은 사람들이 뿌리내린 땅이다. 어떤 풍경 속에서 어떤 양분을 먹고 줄기와 가지를 키우며 어떤 빛깔의 열매를 맺을 것인가에 대한 숙고와 결정의 결과이다. 그리하여 지금 어떤 땅에서 생을 마주하고 있는지를 얘기하는 것이다. 그렇다면, 긴 시간 뿌리내릴 땅을 찾아다녔던, 좋아하는 나무를 다루며 자기 자신으로 충실하게 살아가고자 했던 내 하루하루를 기록하는 것도 괜찮지 않을까 용기를 냈다.

이메일로 구독하고 있는 한 언론사의 뉴스레터 〈영감 한 스푼〉 중 기억에 남는 글이 있다. 화가 앙리 마티스 전시 소식과 함께 쓴 그의 일대기에 관한 내용이었다. 아버지의 뜻에 따라 법률가의 길을 걸었던 마티스는 뒤늦게 화가가 되어야겠다고 결심했다. 당시 프랑스 미술계의 주류였던 살롱 스타일의 그림을 베끼는 일에 자신이 없었던 마티스는 고야의 그림을 보고 그림이 언어가 될 수 있다는 것을 이해했고, '그림을 언어로 이야기를 건네는 화가라면 나도 할 수 있겠다'고 희망을 얻었다.▲ 나도 그랬던 것 같다. 잘 팔리는 상품을 만드는 디자이너로 살아갈 자신이 없었던 나는 나무를 매개로 심상을 담고 이야기를 건네야겠다고 생각했다. 그렇게 살아가고 싶었다.

디자이너의 삶을 벗어난 직후, '작업을 한다'는 행위에 흠뻑 빠져들었다. 격정적으로 두 손과 발을 움직이며 근육을 쓰고 땀 흘리는 일은 오감을 자극하고 살아 있음을 느끼게 하는 감각적인 일이었다. 그토록 고대하던 작업자의 삶을 맞이했다는 성취감도 있었다. 그러나 존재로서 충만했다고 말할 수 있는 시기는 모판에 뿌린 볍씨 싹처럼 짧디짧았다. 현실의 무게에 짓눌려 건네고 싶었던 이야기는 한마디도 하지 못했고, 작업을 한다는 행위에 눈멀어 보지 못했던 내 삶의 실체는 이전의 삶과 현상만 다를 뿐 본질적으로 몹시 흡사했다. 좋아하는 나무를 매일 만지며 먹고살 수 있

▲ 2022년 4월 9일 자 뉴스레터 「그림이 팔리기 시작하자, 이 작가는 그림을 다 지워버렸다」에서.

다는 것만으로도 감사한 일이라고 스스로 위로하면서도 깊은 회의감에 젖었다. 망망대해에서 좌표를 잃은 항해사처럼 불안에 떨던 어느 날에 알았다. 한 사람의 인생은 하나가 아니라는 걸. 자신이 살고 싶은 인생, 자신이 살지 못한 인생을 동반하여 평생을 살아간다는 걸 깨달았다. 그렇지만 여전히, 내 안에서 명멸하며 빛나는 것들을 고집스럽게 응시하면서 두 개의 인생이 같아지기를 원했다. 살고 싶은 인생이 살지 못한 인생이 되지 않도록, 내 자아와 세상이 완전히 하나가 되도록 그치지 않고 이상을 좇았다. 그렇게 나는 가구 디자이너도 목수도 공예가라고도 할 수 없는 회색 지대에 뿌리를 내렸다. 이리저리 방황하며 뻗어나간 삶의 가지들이 회색 지대에 뿌리내린 내 인생에 잎을 피워냈고 삶을 풍요롭게 가꿔주었으므로, 지난 삶의 경험과 배움을 존중하며 고맙게 여기고 있다. 실존을 지키기 위해 정말 중요한 것을 찾고 불필요한 것을 내려놓을 수 있었던 시절들을 돌아보며 명료한 정신으로 이 순간을 바라본다. 비로소 여기 회색 지대에서 내 일과 삶을 담은 가슴 절절한 직업의 이름을 찾았다. 나의 직업은 나무를 다루는 직업이다.

누군가의 시선이 닿는 긴 글을 써본 적이 없어서 독자들에게 내 이야기가 어떤 목소리로 들릴지 모르겠다. 거칠고 서문 원고를 매끄럽게 다듬어주시고 뜻깊은 시간을 주신 마음산책에 감사드린다. 그리고 경이로운 생을 선물로 주신 함인국 님과 김경희 님, 한결같은 마음으로 지지해주는 동숙, 찰나의 순간을 함께 살아가는 인연들에 감사의 마음을 전한다.

2024년 봄

함혜주

차례

1

나무 이야기

나무 작업자의 아포리아

사람들의 말처럼 목수는 '나무'를 만지는 직업일까? 역시 결론부터 말하자면, 목수는 나무를 만지는 사람이 아니다. 목수는 '목재木材'를 다루는 사람이다. 혹자는 말장난이라고 할 수도 있다. 하지만 경상남도 합천의 화양리 마을에 유려하게 서 있는 소나무와 목공방 한 켠에 제재되어 쌓여 있는 소나무는 같은 것일 수가 없다. 생물학적인 정의만을 말하는 것이 아니다. 등산객이나 산림청 직원이 만지는 '나무'와 목수가 만지는 '목재'의 차이는 많은 것을 의미한다. 나무는 '신비화' 혹은 '의미화'가 가능하다. 오방색 띠를 두르고 마을 입구를 지키고 있는 느티나무나 회화나무를 선비에 대입해 학자수學者樹라 부르는 경우 등이 이에 속한다. 하지만 목재는 신비화가 불가능하다. 목재는 가구라는 상품을 만드는 하나의 재료일 뿐이며, 그 자체로는 독자적인 의미를 가지지 못한다. 목재는 오로지 완성된 가구를 통해 의미를 부여받는다.

나는 개인적으로 한국 목가구의 수준이 높지 못한 것은 한국의 목수들이 '나무'와 '목재'를 구별하지 못하고 있기 때문이라고 생각한다.[▲]

김윤관 목수의 글을 읽었다. 처음엔 나무와 목재는 구분되어야 한다는 그의 말을 온전히 이해하지 못했다. 되레 꼭 그렇게 이분법적으로 나누어야 하는지 반기를 들고 싶었다. 목재 작업보다 나무 작업, 목재를 다루는 사람보다 나무를 다루는 사람이란 말을 더 자주 들어왔고 빈번하게 쓰기도 해서 익숙함 때문인지 어감도 더 좋다고 느꼈다. 다만 그가 힘주어 자신의 의견을 피력하는 데에도 이유가 있을 터, 좀 더 고찰해보고 싶었다. 글을 종이에 옮겨 적어 벽에 붙여놓고 며칠간 여러 번 읽었다. 그러고 나서 노트에 다음과 같이 적었다.

'깊은 바다에 사는 생선 가족 이야기. 물고기 요리를 맛

[▲] 〈우드플래닛〉에 연재된 김윤관 목수의 칼럼 「목수노트—목수를 둘러싼 몇 가지 오해들」에서.

있게 하는 레시피.'

어색하고 이상했다. 짧고 납작한 삼각 머리 양옆에 아가미가 있고, 긴 몸에 붙은 지느러미와 두 갈래로 나뉜 꼬리가 있는 건 생선이나 물고기나 똑같다. 하지만 사람들은 물고기와 생선을 혼동하지 않는다. 그동안 익숙하게 들어왔고 말해왔던 '나무를 만지는 직업'은 나무의 신비로운 이미지에 기대 낭만적 목공, 감성적 목공으로 노동을 신비화하려는 심리가 반영된 언어습관이었다. 결국 나무와 목재, 이 둘을 혼동하지 말자는 김윤관 목수의 말을 전적으로 수긍하게 되었다.

사회 통념상 혼용해서 쓰더라도 목수 당사자는 명확하게 구분할 수 있어야 했다. 나무 혹은 목재라는 대상에 대한 정의와 구분은 내가 작업자로서 심각한 오류를 범하지 않게 도와주었다. 한자 그대로 목木을 수手로 다루며 먹고살았으므로 내 직업은 누가 봐도 목수였다. 하지만 목수의 일이 목재를 재료로 하여 상품을 만드는 것이라면, 내가 심취해 있는 일은 목수의 일이 아니었다. 공들여 완성한 목가구보다 작업을 한다는 행위에서 이제껏 만족감을 느꼈기 때문이다(나무의 성질, 촉감, 냄새가 좋았고 그걸 노상 느낄 수 있으니). 이 애매모호한 경계선에서 나는 '목수'라는 이름이 점점 더 불편해졌다.

가구는 일상생활에서 사용하는 물건에 그치지 않고 공

간의 감각을 만들어낸다. 오늘날의 목가구는 기능성과 심미성을 담은 실용 조형의 총체, 수공예 기술의 정수를 보여주는 대상이기도 하다. 그러나 언제부터인가 온양민속박물관에 있는 나주 소반이나 신세계 백화점 로비에 있는 아트퍼니처artfurniture▲가 단순히 시대상을 반영하고 있는 연구 자료로만 다가왔다. 제비촉 짜임으로 결구를 했든, 장부에 쐐기를 박았든, 나무를 휘거나 태워 기발한 창의성을 발휘했든 마음이 동요할 만큼 흥미롭지 않았다. 내게 목가구는 필요와 쓰임을 다하면 자연으로 돌아가는 친환경적인 재료로 만들었다는 점에서, 플라스틱이나 합성수지로 만든 것보다는 훨씬 무해한 수준의 물건에 머물렀다. 목수의 안목이 깊어지기는커녕 내가 가구를 바라보는 시선은 이 범위를 넘어서지 않았다.

필요할 때 있는 것, 인체에 위해를 가하지 않는 형태만 되어도 나에겐 가구로서 충분했다. 이런 상태에 있었기 때문에 김윤관 목수가 던진 화두는 아주 중요한 문제였고, 내가 몇 번의 시도 끝에 작업 재료로 나무를 택했다는 점에서 반드시 풀어야 할 숙제였다.

▲ 1868년 영국의 건축가이자 가구디자이너 찰스 로크 이스트레이크Charles Locke Eastlake가 처음 사용한 용어이다. 예술과 가구의 합성어로, 물건의 기능을 넘어 예술적 가치를 지니고 있는 가구를 가리킨다.

모든 작업이 그러하듯이, 작업자는 자신과 맞는 물성을 찾는 일이 정말 중요하다. 이렇게 말할 수 있는 것은 중요하다는 걸 몰랐기 때문이다. 가수 조용필의 노래 〈킬리만자로의 표범〉의 내레이션을 빌리자면, '먹이를 찾아 산기슭을 어슬렁거리는 하이에나'처럼 나는 긴 시간 동안 여기저기 손을 대며 작업에 대한 허기를 채우러 다녔다. 물성에 대한 인지도 없었으면서 꾸준히 나와 맞는 재료를 찾아다녔다는 걸, 나무를 만나고 나서야 알았다.

어릴 적에 소묘를 하며 그림을 그리기 시작했다. 색연필화, 파스텔화, 수채화, 아크릴화, 유화, 민화를 그렸고, 스프레이, 페인트까지 어지간한 채색 재료는 다 써봤다 할 만큼 여러 방식으로 그림을 그렸다. 잘 그리고 못 그리고를 떠나서 그려보면 안다. 농도, 번짐, 발색, 색을 입히는 순서 등 재료의 차이가 주는 눈맛과 손맛이 전부 다르다는 걸. 그중에서도 파스텔 가루를 손으로 문대서 그리는 기법을 가장 즐겼다(손으로 나무를 다루는, 지금의 작업 방식을 갖게 된 시초가 아닐까 하는 생각이 뒤늦게 든다). 기어이 지문이 남아나지 않을 만큼 파스텔을 종이에 비비고 문대서 미대에 갔고 조소와 모크업▲▲을 하면서 평면에서 입체로 자연스럽게 옮겨 갔다.

▲▲   실제 제품과 같은 형태로 모형 시제품을 제작하는 일.

내게는 '후키 글라스'라는 작업명이 더 익숙한 '블로잉 글라스'. 입으로 공기를 넣어 유리를 부풀리고 모양을 내는 작업이다. 유리의 투명함, 빛이 투과되고 산란하며 만들어내는 그림자, 오색 빛깔 프리즘이 마음을 끌었다. 이글이글 끓는 액체 유리는 마치 땅속 용암 같았다. 뜨거운 용해로 앞에 다가가면 싸라기눈이 앉은 것마냥 속눈썹 끝이 하얗게 타고 얼굴이 벌겋게 달아올라 갓 구운 고구마 같아지곤 했다. 용해로에서 소량의 액체 유리를 파이프에 말아 건져 올리는데도 어찌나 무거운지 상당한 힘이 필요했다. 중심부가 뻥 뚫린 2미터 남짓의 파이프 끝에 매달린 액체 유리가 중력에 의해 흘러내리지 않도록 파이프를 계속 굴리면서 내 숨 하나로 풍선처럼 부풀려야 하는데, 복근에 경련이 날 만큼 죽을힘을 다해 불어도 단호박만 한 크기에 불과했다. 게다가 액체 유리는 작은 온도차에도 민감하게 반응하는 탓에 식기 전에 재빠르게 불어서 형상을 만들어내고 다시 유리 용해로에 녹였다가 형태 잡기를 반복해야 했다. 그 과정이 좀처럼 몸에 익지 않았다. 작업의 속도가 압박처럼 느껴졌다. 내 기질과 잘 맞았다면 빠른 속도는 더없이 즐거웠겠지만, 작업을 하면서 깨달았다. 내가 유리를 흠모했던 것은 관람자의 시선에서였다. 유리의 특징을 좋아했을 뿐 작업자로서의 재능은 없었다.

조소와 도자를 하며 만졌던 흙은 단지 눈으로 볼 뿐 만질 수 없는 유리와 달리, 작업하는 내내 손으로 조물거리며 느낄 수 있는 촉감이 좋았고 유리를 다룰 때보다 힘도 덜 들어서 신체적인 피로도 훨씬 덜했다. 하지만 예민한 화초처럼 수분을 주기적으로 공급해주어야 했다. 수분이 모자라면 금세 갈라졌고, 빚어놓은 형상이 굳기 전까지는 외부 자극에 의해 쉽게 상처가 났다. 두상을 빚다가 헤라*를 바꿔 집는 사이, 마음에 쏙 들게 다듬어놓은 눈두덩이에 살짝 손끝이 스쳤는데 손톱으로 할퀸 것처럼 가늘고 길게 파였다. 미간이 절로 찌푸려졌다. 다시 다듬으면 될 일이었지만 가벼운 움직임에도 작업 중인 흙덩이에 생채기가 나는 일이 빈번했고, 그때마다 여지없이 미간에 주름이 졌다. 흙은 주변 환경으로부터 스스로를 지키지 못하는 여리고 무른 면이 있었고, 밋밋한 구석이 있다고 느껴졌다. 유리의 뜨겁고 차가운 극단적인 물성이나 흙의 무른 성질은 나의 성격이나 기질과는 맞지 않았다. 반면, 나무는 단단하지만 유연했다. 수종에 따라 목질이 천차만별이라 개성이 넘쳤다. 옹이나 갈라짐, 곰팡이, 벌레가 지나간 길, 수피 등 재료로서의 단점도 수두룩했지만, 자신의 고집을 지키며 작업자에게 몸을 내어주는 포용력

▲　　나무나 쇠로 만들어진 조소용 조각도.

과 강인함이 매력적이었다.

그렇게 나와 잘 맞는 물성을 다루는 사람이 된 내가 목재라는 재료보다 나무라는 생명을 우위에 둔 것은 가장 많은 가구를 생산해내던 때였다. 3마력의 힘으로 돌아가는 원형 톱날에 두 동강 난 나무를 볼 때마다 자생력을 지닌 지구에 사는 거대하고도 아름다운 생명체가 계속 머릿속을 맴돌았다. 인생을 다 털어도 여한이 없을 만큼 나무를 만지며 작업하는 행위에 빠져들수록 내 눈앞에 있던 나무는 벌목 이전의 상태로 돌아가 한 그루의 살아 있는 나무가 되어 있는 아이러니한 상황을 마주했다(김윤관 목수의 말대로 내가 다룬 것은 목재였지만 이때는 목재와 나무를 구분하지 못했다).

시작은 순전히 탐구욕이었다. 가구재로 주로 쓰이는 호두나무, 산벚나무, 적참나무, 백참나무, 단풍나무, 너도밤나무 제재목은 작업실에 항상 구비해두었고 자주 사용했기에 냄새만 맡아도 어떤 나무인지 알 만큼 친숙했지만, 다른 나무들에 대해선 잘 몰랐다. 10만 종에 이르는 나무들이 저마다 어떤 환경에서 잘 자라는지, 몇 년 만에 성목이 되고 키와 둘레는 얼마에 이르는지, 어떤 모양의 잎을 내는지, 열매를 맺고 번식하는 생장 과정을 알고 싶어서 『나무생태도감』을 읽었다. 열매와 잎의 생김새, 자라는 방식, 수피의 특징들을 살피는 재미가 있었고, 이는 성격이나 살아가는 방식이 다른 여러 사람을 차례로 만나보며 다양한 인간상을 접하는 즐거움과 비슷했다. 바뀌는 기후에 따라 숲의 수종이 달라지기도 했는데 마치 사람들이 더 살기 좋은 터전으로 이사하는 것과 같다고 생각했다. 이런 식으로 사람에 빗대어 천천히 나무를 알아갔다. 그리고 몇 달 지나지 않아 작업실에 찾아온 친구 조우가 본인이 재직 중인 출판사에서 좋은 책이 나왔다며 선물해주었다. 『나무의사 우종영의 바림』이었다. 나무로 먹고 산다는 공통점은 있었지만 나무의사 우종영의 삶은 나의 삶과 완전히 달랐고, 나무를 보는 시각 또한 나와 달랐다. 죽은 나무의 몸을 갈라 가구를 짜는 삶을 사는 나와는 정반대로 그는 병들고 아픈 나무를 치료하러 전국을 돌아다녔고, 나무가 좋은 환경에서 건강하게 인류와 함께 살아가기를 바라며 자신의 경험과 지식, 기술을 활용했다. 그는 나무의 몸은 뿌리와 줄기, 분지된 가지, 잎, 열매가 각자의 역할을 맡아 서로 유기적으로 살아가는 분절된 몸이라고 설명했다. 관절, 뼈, 혈관, 피부가 각자의 역할을 하며 유기적으로 협력하는 인체처럼, 나무도 생명을 유지하기 위해 한 그루의 몸 안에서 저마다 맡은 역할을 충실히 수행하며 살아가는 존재라는 것이다. 반면에 '나무를 안다'고 했던 나의 지식은 목수로서 익힌 목재 구조학에 가까웠다. 껍질, 노목인 심재와 유목인 변재,

척추와 같은 수심, 나이테 동심원 사이 물관. 가구재로 쓰기 좋은 제재 방식, 결 방향과 수축 팽창의 관계 같은……. 나무에게서 풍기는 냄새는 내 작업실에서는 천연 나무 향의 디퓨저 역할을 하지만, 숲속에서는 나무의 생존에 필요한 방어물질이며 번식을 위해 벌과 나비를 끄는 유혹의 냄새이고 다른 나무를 비롯한 여러 동식물과 정보 교환을 하는 수단이었다. 나무는 스스로를 보호하기 위해 사계절을 감지하는 예민함을 가졌고 평상시에는 내핍 생활로 비바람과 가뭄과 추위를 대비한다고 한다. 제 몸속에 양분과 수분을 넉넉히 담아두고서 변덕스러운 기후처럼 위급한 상황이 닥쳐왔을 때 죽지 않고 살아남으려는, 꿋꿋하게 생명을 지키려는 지혜가 나무에게 있었다. 또 하나 놀라운 사실은 겨울 참나무 가지 하나를 잘 보면 봄에 가지가 뻗어갈 방향도 알 수 있다는 점이었다. 나무는 겨울이 오기 전에 이미 내년 봄에 싹이 될 눈을 만들며 크기와 방향을 정해두는데, 빛에 민감한 잎들이 광합성을 하기에 가장 좋은 방향을 스스로 파악하고 가지에 건강한 눈을 배치한다는 것이었다. "신은 동물에게는 눈을 주고 식물에게는 잎을 주었다"는 저자의 말에, 그렇게 최선을 다해 생에 집중했던 나무가 멀끔한 살덩이만 남은 제재목이 된 모습이 비참해 보였다. 나무의 생리生理를 알고 나니, 인류가 출현하기 3억 년 전에 태어난 나무가 그 험난한 세월을 다 거치고 인간이 지배하는 세상에서 살아가기 위해 얼마나 애를 쓰고 있는지 아득하고도 생생하게 느껴졌다(비단 벌목의 얘기가 아니다. 나무의 뿌리를 덮는 보도블록과 시멘트, 가로수의 수피를 검게 그을린 매연, 온난화로 인한 가뭄, 폭우, 혹한 등 인간 활동으로 인해 바뀌어버린 터전에서 나무는 살아가고 있다). 도감에서 얻은 배경지식을 토대로 살아 있는 나무와 교감을 해버린 나는, 저자의 바람대로 나무가 생명이라는 것을 완전히 잊지 못하게 되었다. 이때부터였다. 목수인 내 눈에 자꾸 살아 있는 나무가 아른아른하는 게.

역사 속 나무 이야기, 숲에 얽힌 전설에까지 마음을 주며 세잔의 포플러나무와 고흐의 아몬드나무 그림을 책상 선반에 붙여두었다. 배병우 작가의 소나무 사진과 도성욱 작가의 빛이 스민 초록 숲 그림을 품 안의 숲으로 두고, 영국 BBC 다큐멘터리 〈살아 있는 지구〉와 〈그린 플래닛〉을 연달아 보았다. 목공 기술서를 작업실 책꽂이에 일렬종대로 꽂아두고 먼지가 앉거나 말거나 『사회를 위한 디자인』 『나무의 시간』 『나무 이야기』 『인간을 위한 디자인』 같은 아끼는 책들을 내 방 책장, 눈에 잘 띄는 셋째 칸에 꽂아두었고, 금산 보석사에 있는 은행나무와 재회하기에 이르렀다. 바람에 춤추는 황금 들녘을 연상시키는 노란 은행잎 더미로 금빛 가을을 만들던

은행나무는 17년의 시간이 흐른 뒤 다시 만난 그날에도 진녹빛 푸른 잎이 무성한 여름 속에서 비범하고도 신비로운 오라를 뿜어냈다. 886년부터 지금까지 천 년이 넘는 장구한 세월 동안 한자리에 뿌리를 내리고 살아가는 생명체. 숲을 키워내고 지켜온 어머니 나무Mother tree 앞에서 내 작업이 나무 한 그루의 생명에 빗댈 가치가 있는가, 물었다. 이는 내가 가장 사랑하는 '네 고통은 나뭇잎 하나 푸르게 하지 못한다'는 이성복 시인의 아포리즘처럼 자신에게 활시위를 겨누는 질문이었다. 백 년도 못 사는 인생이 천 년을 살 나무를 탐한다는 이정종의 글에 빗대어, 밥벌이에 지나지 않는 기술로 백 년을 살고 천 년을 살 나무를 베어다가 백 년도 안 쓸 가구를 만드는 내 행위가 무책임하고 탐욕스럽게 느껴졌다.

과거에 큰 나무는 건물의 기둥과 대들보로 쓰였고 작은 나무는 일상의 물건을 만드는 주재료로 쓰였으며 잔가지는 온돌방을 데우는 연료로 썼으므로 가구재가 귀했다. 가구 한 점을 만드는 공정도 수작업인 탓에 오랜 기간이 소요됐다. 이런 연유로 목가구는 한번 만들면 대를 이어 오래 써야 했으니 백 년이 가도 끄떡없는 가구가 과거에는 필요했고 목수에게는 기술이 중요했다. 하지만 지금은 다르다. 기술의 진보로 1~3년간 건조하던 제재목을 단 며칠 만에 건조하고 목수가 하던 대패질과 톱질을 기계가 대신하게 되면서 목수는 장시간의 노동으로부터 해방됐다. 그 결과 양산이 가능해진 목가구의 생명 주기는 턱없이 단축됐다. 제작자의 취향과 안목, 시장의 유행에 따라 가구 공장과 목공방에서 천차만별로 제작되었다. 과연 후손들이 백 년을 이어 쓸지는 백 년도 못 사는 나로서는 알 수 없는 일이었다. 인구는 줄고 물건만 넘쳐나는 이 시대에 백 년 가는 가구를 제작하는 기술이 얼마나 유의미한지도 의문이었다.

북미, 러시아, 유럽 등 세계 각지에서 벌목되고 제재된 나무들이 고온의 드럼통에 실려 바짝 건조되고 화물선에 실려 바다를 건넜다. 인천에 줄줄이 늘어선 목재 수입상 창고에 2층 건물 높이로 다닥다닥 쌓인 목재가 다시 화물 트럭에 실려 전국에 있는 목공방과 개인 작업실에 놓였다. 그중 하나가 나의 작업실이었다.

"이 수종은 밀도가 높고 뒤틀림에 강한 고급 수종이라 활엽수 중에서도 가장 단가가 높습니다." 이렇게 말하며 반년 치 임대료는 될 제작비를 받았다. 고객이 요구한 납품일에 맞추려면 어서 작업을 시작해야 하는데 또다시 각도절단기 아래 놓인 제재목에서 쿵 소리를 내며 쓰러지는 나무가 보이고, 그 위로 놀란 새들이 황급히 날아가고 작은 동물들이 도망치는 광경이 보였다. 내 눈은 아름다운 가구를 짜는 목수의 눈이 아니었다.

음악가와 무용수가 부러웠다. 그들의 작업 재료는 자신의 호흡과 손발이니 다른 생명의 희생을 요구하지 않는다. 그렇다고 산림청 직원도, 환경 운동가도, 나무 생태학자도, 숲 해설사도 될 생각이 없다. 목재 혹은 나무를 다루며 사는 삶으로 내 인생을 채우고 싶은 확고한 마음과 목재보다 귀한 나무를 보며 작업의 당위성을 묻는 작업자의 아포리아. 이를 극복하지 않고서는 작업을 이어나갈 동력도, 생생하게 삶을 살아갈 힘도 얻지 못할 것 같은 위기의식을 느꼈다. 나 자신이 무엇에 기민하게 반응하는지 주의할 필요가 있었다.

근대 소비주의 정신은 물질주의적인 어떤 것이 결코 아니라는 것이 분명하다. 현대 소비자가 대상을 획득하고자 하는 만족할 줄 모르는 욕망을 가지고 있다는 관념은, 사람들로 하여금 재화를 가지고 싶어 하게 만드는 메커니즘을 심각하게 오해하고 있다. 현대 소비자들의 기본적인 동기는 상상 속에서 이미 맛본 즐거운 드라마를 현실 속에서 경험하고자 하는 욕망이며, 각각의 '신'제품은 이러한 야망을 실현시킬 가능성을 제공해주는 것으로 간주된다. 하지만 현실은 몽상 속에서 마주친 완벽한 쾌락을 결코 제공할 수 없기 때문에…… 모든 구매는 문자 그대로 미몽에서 깨어나게 하며, 이것이 바로 어떻게 해서 욕구가 그토록 빠르게

소멸되는지 그리고 왜 사람들은 재화를 획득하는 것만큼
이나 빠르게 재화를 폐기하는지를 설명해준다.▲

콜린 캠벨은『낭만주의 윤리와 근대 소비주의 정신』에
서 소비주의 정신의 본질은 사물을 획득하여 실제로 사용하
는 것이 아닌, 사물의 이미지가 부여하는 상상적 쾌락을 추
구하는 것이라고 주장했다. 사람들이 끝없이 새로운 사물을
소유하려는 것은 그칠 줄 모르는 물질적 욕망을 갖고 있기
때문이 아니라, 상상 속의 쾌락을 현실로 경험하고자 하기
때문이라는 것이다. 유명 인사가 들고 나온 명품 가방을 구
매하려 매장 앞에 긴 줄이 늘어서 있는 광경이 그러했고, 성
공한 사람이 탄다는 인상을 주는 자동차 광고들, 몇만 대가
팔렸다는 뉴스가 그러했다. 드라마, 예능프로그램, 잡지와
같은 각종 매체나 백화점, 갤러리, 주변 인물에 의해 간접적
으로 접하는 신新 사물들이 우리 일상에 얼마나 많은가. 사람
들은 상상 속 쾌락을 통해 스스로를 자극하고, 신 사물이 필
요한 이유를 적극적으로 만들어낸다. 하지만 사람들은 획득
한 사물에 대한 즐거움을 쉽게 잃고 아직 획득하지 못한 새

▲　콜린 캠벨,『낭만주의 윤리와 근대 소비주의 정신』, 박형신·정헌주 옮김, 나남출
　　판, 2010, 171~172쪽.

로운 사물에 다시 눈길을 주며 상상적 쾌락에 빠지기를 반복한다. 이런 현상이 특정 사물에 동시다발적으로 일어나는 사건이 유행이라고 생각했고 목가구도 예외는 아니었다. SNS 해시태그에 '원목가구'를 검색하면 잘 꾸며진 거실에 놓인 TV장, 분위기 좋은 레스토랑의 우드슬래브 식탁, 갤러리에서 고고한 자태를 뽐내는 간살문 수납장 같은 사진이 60만 개 이상 나오는데, 구매를 문의하는 댓글 수를 보면 상상 속 쾌락에도 유행이 있음을 알 수 있었다. 제재목의 단가 변동표에서도 수종의 유행을 가늠할 수 있었는데, 수년 전 산벚나무보다 단가가 낮았던 백참나무는 호두나무 다음으로 고가의 목재가 되었다. 백참나무로 짠 가구가 유행을 탔기 때문이었고, 수요는 늘고 자원은 한정되어 있으니 당연한 일이었다. 작업실에 제작을 의뢰한 고객들도 대부분 약속이라도 한 듯 백참나무를 선호했다. 백참나무 숲 입장에서는 몰살의 위협을 느끼는 섬뜩한 시기였을 것이다. 최근에는 산벚나무 수요가 조금씩 늘고 있다. 쓸쓸하다. 머지않아 산벚나무가 수모를 겪는 시기가 찾아오겠지. 더는 이런 일에 가담하고 싶지 않았다. 나는 목재를 구매하는 소비자인 동시에 목재를 가공해 새로운 사물을 만드는 생산자이기도 했지만, 쾌락적 소비를 위해 이 일을 시작한 것은 결코 아니었다. 획득하는 것만큼이나 빠르게 폐기당하는 목물木物은 나무가 생명을 키우고 지켜낸 긴 세월에 비해 정말 턱없이, 가슴이 아프도록 턱없이 짧았다.

　나무가 어떤 여건에서 벌목되는지 알고부터 나로 인해 다른 생명이 죽는 것을 모른 척하기 어려웠다. 한낱 작업하는 행위에서 만족감을 얻는 내 욕망 때문에, 결코 채워질 수 없는 쾌락주의적 소비 때문에, 아름다운 생명이 죽는 일은 원치 않았다. 숲을 훼손하지 않고 할 수 있는 작업은 수없이 많았다. 하지만 살아 있는 나무만큼이나 내가 다루는 재료의 물성을 사랑했다. 목수의 나무 사랑으로 혼란을 겪는 와중에 호주에서 역사상 유례없는 대형 산불이 발생했다. 2019년 9월 호주 남동부 지방에서 발생한 산불은 무려 5개월간 꺼지지 않고 약 18만 6천 제곱킬로미터의 면적을 불태웠다. 특히 야생동물의 피해가 컸는데 호주의 대표 야생동물인 코알라가 사람이 주는 물을 마시는 사진이 SNS에서 퍼지며 안타까움을 더했다. 전 세계 예술가들은 야생동물의 고통을 의인화해 작품을 제작했다. 비극은 동물들이 당했는데 정작 위로는 사람을 향했다. 2023년에는 하와이와 캐나다, 스페인이 화염에 휩싸였다. 믿기 어려운 보도자료와 재난 사진들이 쏟아져 나와도 세상은 달라지지 않았다. 연이은 자연의 비극에 댓글을 달며 쉽게 공감할 뿐, 생활 방식은 조금의 변화도 없었다. 여전히 지구 인구보다 많은 옷들이 생산되고 사람들은 비닐과 플라스틱을 애용하며 에어컨을 가동했다. 엄청난 면적의 숲이 벌목되었고 황량해진 땅에서 생명은 다시 살 곳을 잃었다.

지구 구성원으로서의 윤리의식이 기민하게 발휘되었고 작업에도 영향을 미쳤다. 휴대전화 요금을 내고, 배불리 식사를 하고, 차에 휘발유를 넣고, 좋은 옷을 사 입고, 여행을 가기 위해 과잉으로 '목재를 다루는 일'이 부당하게 느껴졌고 당위를 찾기가 어려웠다. 내가 짠 가구는 나무 한 그루에 비할 가치가 없었다. 더는 잘해내거나 슬길 자신이 없었다. 대한민국에는 우러러볼 만큼 훌륭한 목수가 많고 목재는 그들의 몫이어야 귀하게 쓰일 것이었다. 그동안 나와 궁합이 잘 맞는 물성이 나무라는 것을 확인하였으므로 어떤 작업 방식이어야 나무의 희생을 최소화할 수 있을지, 앞으로 어떻게 작업을 이어나갈지 고민하는 일만 남았다. 생업으로서의 가구는 만들지 않기로 선언하고 어쩌다 얻은 목수라는 명찰도 떼면서 나의 아포리아와 결별을 준비했다.

확신에 가득 찬 얼굴에서는 윤이 난다

벚꽃 봉오리가 나뭇가지에 튀밥 모양을 하고 매달린 이른 봄, 경인미술관에서 그룹전 〈이야기가 있는 가구전, 매일매일 木요일〉을 열었다. 초대전이나 기획전도 아닌, 졸업 전시 개념의 잔치였다. 목공방 동기들과 십시일반 모은 돈으로 갤러리를 대관하고 사진작가를 섭외해 작품을 촬영했다. 나는 전직 디자이너라는 이유로 총대를 메고 전시 도록과 포스터를 만들었고 목공 동기와 을지로에 인쇄 감리를 다녀올 정도로 열과 성을 다했다. 잔치는 예상보다 관심을 많이 받았다. 가족 이름이나 적힐 줄 알았던 방명록이 낯선 이름들로 채워졌다. 풋내기 목공인들은 신진 작가 타이틀을 달고 신문과 잡지에 실려보는 생소한 경험을 했다.

전시에 선보인 〈의식의 램프〉〈인드라망〉 두 점의 작품은 일기장에 비밀스럽게 잠들어 있던 글을 조형 언어로 풀어낸 첫 작업이었다. 내 속에만 쌓아놓자니 버거워서 활자로 옮긴 지 10년 만에 마침내 깨어나 핀 조명을 받으며 당당히 실재했으니 얼마나 감회가 남달랐겠는가.

꿈을 이룬 것 같았던 일주일간의 전시가 끝나고 작품을 철수하는 날, 작품을 포장하느라 바쁜 동기들의 얼굴에서 윤이 났다. 무엇이 그들을 빛나게 하고 있는가를 생각하던 찰나에 〈인드라망〉 거울에 비친 내 얼굴도 그들 못지않게 윤이 나고 있는 걸 알았다. 확신에 가득 찬 얼굴에서는 윤이 난다.

〈인드라망〉에 얽힌 이야기를 해볼까 한다. 갓 성인이 된 후 상대해야 했던 사회는 무한 증식하듯 커 보였고, 직간접적인 접촉을 통해 나와 타자, 내부 세계와 외부 세계가 충돌하며 경계가 생성되기를 반복했다. 애정을 다한 대상, 친절하고도 불편한 타인, 19세기를 살다 간 니체, 가방에 담긴 자질구레한 물건, 하다못해 신발장 문고리에 걸린 구둣주걱까지 나에게 말을 걸며 모든 것이 나와 관계를 맺고 있다고 하는 것 같았다. 모든 것은 절대 개별적으로 존재할 수 없다는 사실이 어린 나에게는 충격적이었다. 의지가 개입할 수 없는 불변의 법칙이 두렵게 느껴졌다.

그 시절 어떤 단어건 간에 사회적으로 통용되는 사전적 정의가 아닌 경험을 통해 의미를 스스로 재정립해야 생 앞에 진실하다고 생각했다. 두리뭉실하게 느끼는 것 말고, 인생의 단어 사전에 자신만의 정의를 분명하게 기록해야 한다는 고집이 있었다. 좋게 말하면 신념이지만 질 수 없는 승부에 가까웠다. 그러지 않으면 관념이나 개념 따위에 지겹게 볶였다.

'관계란, 존재가 여기 혹은 거기에 그저 있음으로 인하여 의도와 상관없이 적극적이거나 소극적으로 서로 영향을 주고받는 필연이다. 관계로부터 최소한의 자유라도 얻고 싶다면 한 발짝 떨어져 시야를 열어야 한다.'

인생 단어 사전에 멋대로 정의해놓고 자신에게 던진 충고대로 어떤 형태의 관계든 그로부터 한 발짝 떨어져 있기 위해 의식적으로 노력했다. 정말 최소한의 자유를 얻었는지는 모르겠지만 들들 볶이지는 않았다.

목공 기술을 배운 지 1년이 되어갈 무렵 졸업 작품을 준비할 시기가 다가왔다. 아트퍼니처 작품을 선보이기로 한 전시였기 때문에 무엇을 만드느냐보다 어떤 이야기를 담느냐가 화두였다. 집에서 쓸 식탁, 친구가 부탁한 도마 말고 드디어 나의 이야기가 담긴 작품을 만들 생각에 신이 났다. 덩실

덩실 춤이라도 출 기세로 책상에 앉아 일기를 들췄다.

오랜 관심사였던 관계에 대해 풀어보기로 했다. 주제 선정은 수월했으나 곧 난관에 봉착했다. 일기장에 나열해놓은 활자를 조형 언어로 구현하기가 어려웠다. 대팻날을 조정하고 끌질을 하는 것과는 다른 차원의 문제였고, 집요하게 탐구하는 방법 외에 부족함을 채울 수 있는 건 없었다. 도서관과 구글을 번갈아 들락거리며 논문을 읽다가 주석에 달린 불교 용어 인드라Indra에 대해 알게 됐다.

'인드라라는 그물은 한없이 넓고 이음새마다 구슬이 꿰어져 있다. 이 구슬은 서로를 비추고 비추어주는 관계를 상징한다. 구슬들은 서로를 비출 뿐만 아니라 그물로 연결되어 있고 이것이 바로 세상의 모습이다.'

느낌표가 야구방망이처럼 머리를 쳤다. 어쩌다 잘 맞아떨어진 우연인지 종교 없는 내게 차별 없이 베푼 부처님의 자비인지 몰라도 몇 번이고 이 문장을 곱씹어 읽었다. 그리고 인드라는 첫 작품의 모티프가 되었다.

분주하게 전시를 마치고 금세 무명의 목공인 신분으로 돌아왔지만, 전시의 여흥은 절정에 다다른 봄날의 꽃처럼 가슴속에서 만개했다. 비로소 나의 심상과 관념을 담을 수 있는 그릇을 찾았다는 확신, 아트퍼니처는 내가 그토록 찾아

헤매던 조형 작업이라는 믿음이 내 열정을 뜨겁게 끌어올렸다. 그러나 풋내 나는 열정쯤은 얼마든지 식힐 수 있다는 걸 보여주겠다는 듯 전문가 과정 수료와 동시에 작업 공간을 잃었다. 매서운 현실은 나를 갈 곳 없는 백수로 보이게 할 뿐이었다. 초조했다. 작업을 할 수 없을까 봐, 다시 직장인의 삶으로 돌아갈까 봐 불안했다. 궁지에 몰린 쥐처럼 사방팔방 돌아다니며 작업실을 마련하기 위한 방안을 찾았다. 작업실만 있으면 어떻게든 작업을 계속할 수 있다는 확신에 내 얼굴은 또 윤이 났다.

작업에 목말라 작업실을 차렸지만 졸지에 자영업자가 되어 목공방을 표방했다. 일단 어찌어찌 작업실을 꾸려놨으니 눈앞에 닥친 현실을 직시해야 했다. 목공기계를 사느라 받았던 대출금 상환과 생계유지 의무는 꿈보다 먼저였다. 겁 없는 이상주의자였지만 해야 할 일에는 책임을 다하는 현실주의자이기도 했다. 여러 목공방의 운영 방식과 수익 구조를 따라 목가구와 소품 제작 주문을 받고 클래스를 열어 수강생을 교육했다. 이 지역에 목공방을 운영하는 여성이 나 하나이기 때문인지, 다양해진 취미와 수요에 맞물려 유행을 탄 것인지 목공방을 표방한 작업실은 오전 10시부터 밤 10시까지 분주하게 굴러갔다.

확신의 아트퍼니처는 단 한 점도 만들지 못한 채 어느새

나는 사장님, 선생님, 작가, 가구 디자이너의 이름표를 단 여자 목수가 되어 있었다. 한번은 잡지 인터뷰에서 생활 가구와 아트퍼니처에 관한 질문을 받고 장문의 답변을 한 적이 있었다.

대체로 일상에서 사용하는 생활 가구는 주거·사무·공공 영역의 공간에 적합하고, 사용자 요구를 반영하고, 휴먼 스케일을 적용한 가구일 텐데요. 이런 가구들은 생활양식의 변화, 기술 발전에 따라 기존에 있었던 문제점을 개선하고 새로운 스타일을 제시하는 쪽에 힘을 쏟습니다. 생산자 입장에서 대량생산과 이윤추구를 위한 효율성도 빼놓을 수 없고요.

아트퍼니처는 이러한 조건에 부합할 필요 없이 제작자의 철학과 관점이 우선합니다. 조형성, 메시지, 감각 같은 요소에 집중하죠. 생활 가구는 디자인 산물, 아트퍼니처는 정신적 탐구에 가깝습니다. 생활 가구가 심미성, 기능성, 생산성을 충족하는 것을 목표로 한다면, 아트퍼니처는 정체성, 시대성, 철학을 추구한다고 할 수 있습니다.

아트퍼니처는 집이라는 공간 특성을 크게 염두에 두지 않아요. 이 부분이 사용성 측면에서 어려움을 느끼는 이유일

수 있어요. 구상 단계부터 '이번엔 30평대 아파트 아이 방에 놓을 만한 레트로 스타일 아트퍼니처를 만들어야겠다' 하는 작가는 없을 겁니다. 아파트, 아이, 레트로는 디자인 관점에서 고려해야 할 요건인 거죠. 주거 공간에 놓기엔 다소 부담스러운 크기나 소재, 각양각색 형태의 아트퍼니처가 많은 건 생활 가구와 달리 필수 조건이나 제약이 없기 때문입니다.

어려움을 느끼는 또 하나의 이유는 한국 주거 형태의 획일화가 아닐까 싶어요. 매료되는 작품을 만나도 선뜻 집 안에 들이기가 쉽지 않습니다. 공간의 유연성이 부족하면 그만큼 다양성도 떨어지기 마련인데, 현재 대부분의 주거 환경에는 개성 강한 아트퍼니처라는 변주를 주기가 어렵죠. 작가와 디자이너는 테이블 하나를 다루더라도 접근법이 다릅니다. 생활 가구와 아트퍼니처가 태생적 성질이 다르다는 얘기이기도 한데, 이 부분에 대한 이해 없이 생활 가구를 대하는 방식으로 아트퍼니처를 바라본다면 아트퍼니처는 외형이 독특하고 쓰기엔 난해한 물건일 뿐이에요.

아트퍼니처는 들여다보고 이해하고 느낄수록 에너지를 발산해요. 내적 울림을 주는 묵직함이 있습니다. 작품 속에 담긴 스토리, 물성의 아름다움, 작가의 철학이 투영된 방식 등에 관심을 두고 사용하시면 아트퍼니처는 최고로 애정하는 가구가 될 거예요.

국내에 아트퍼니처라는 개념이 등장한 건 1990년대 초였
는데, 아직 역사가 짧고 다양한 견해와 시도가 있는 만큼
좀 더 친근하고 대중적인 아트퍼니처 작품들도 곧 만나볼
수 있으리라 생각합니다. 교감이 되는 작품을 만난다면 일
상에서 많은 영감을 얻으시고 즐겨 사용하면 좋겠습니다.

아는 만큼 조심스럽게(그럴싸하게) 최선을 다해(진지하
게) 답변했다. 그러나 생활 가구와 아트퍼니처를 대하는 내
태도는 순전히 형식적이었다. 작업자로서의 고민이 깊어지
면서 내면은 진작부터 다른 것과 사투하고 있었다. 해를 거
듭할수록 더욱 또렷하게 들리는 목소리에 달달 볶이고 있
었는데, 주문받은 가구를 제작하고 교육을 하는 행위를 통
해 현상 유지(공방을 운영하고 먹고살기)를 위한 수단에 머물
고 있음을, 작업실을 차린 궁극적인 목적에 대해서는 손 한
뼘만큼도 정진하지 못했음을 스스로에게 고백하는 목소리
였다.

인간, 자연, 본질과 현상에서 포착한 심상을 입체화하고
싶었다. 하지만 머릿속으로는 그릴 수 있는 형상을 현실에서
구현할 방법을 전혀 알 수 없었다. 작업에 대한 허기와 갈증
이 생명감정처럼 나를 사로잡았는데, 너무나도 막연해서 어

디서부터 어떻게 시작해야 하는지 몰랐다. 우연히 김성헌 작가의 작품 〈요람〉을 보았을 때, 나는 그것을 가구라고 느끼지 않았다. 초록빛 자연에 어우러져 있는 단아한 목조형물로 보였다. 심장이 두근거렸다. 나무라는 물성을 알고 싶었고 나무를 다루는 기술을 익히고 싶었다. 목조각은 불상이나 서각, 공예품에 한정되어 있었고 목공은 소목(가구)과 대목(건축)에 집중되어 있어 내가 하고 싶은 작업과는 거리가 있었다. 굳이 표현하자면 내가 원하는 작업은 조소에 가까웠다(지금은 조소에 가까운 거라 얘기할 수 있지만, 당시에는 조형이라는 것 외에 어떤 단어로도 설명하기가 어려웠다). 〈요람〉을 보고, 어쩌면 김성헌 작가에게서 그런 기술을 배울 수 있을지도 모르겠다는 희망이 생겼다. 그의 공방에 찾아갔을 때 조립실에 자리한 가구가 일반적인 생활 가구와는 다르다고 느꼈다. 그를 통해 아트퍼니처라는 장르를 처음 접했고, 아트퍼니처가 나의 관념과 심상을 담는 그릇이 될 수 있겠다는 확신이 들었지만, 나는 아주 중요한 것을 간과했다. 아트퍼니처는 가구의 한 장르이며 엄연히 기능이 있는 물건이었다. 가구의 기능은 나에게 장애물로 다가왔다. 노력해도 이 장애물을 깰 의지가 도통 솟아나질 않았다. 진정성의 문제였다. 제작자라면 응당 기본 소양으로 갖춰야 할 물건에 대한 깊은 애정이나 고집이 내겐 없었다. 나는 목수가 가구에 부여하는 미감이나 소비자가 가구를 통해 얻는 미감보다 나무의 생명을 우선했고, 짜임을 했든 못을 박든 부빙가나무로 만들든 오리나무로 만들든 쓰는 데 불편하지 않으면 충분한 사람이었다. 당연히 물건을 기능적으로 아름답게 만들고 싶다는 욕심이 생겨나지 않았고 여전히 순수 조형에 강렬하게 마음이 끌렸다. 작업을 하면 할수록 가구라는 물건에 내 관념과 심상을 담아내는 행위가 억지스럽게 느껴졌다. 얄팍한 이해와 열망으로 빚어진 (아트퍼니처가 그토록 내가 찾아 헤맸던 작업이라는) 확신은 작업실 오픈 3년 만에 와장창 깨져버렸다.

손에 익은 기술로 형태는 흉내 낼 수 있지만, 정신은 목수인 척할 수 없다는 걸 깨달을수록 정체성은 더 선명해졌다. 허투루 보낸 하루가 없을 만큼 열심히 가구를 만들고 수업을 했지만, 책임감으로 버텼던 인내의 날이 더 많았기에 이름 앞에 붙은 어떤 수식어에도 당당할 수 없었다. 이런 처지에 있으면서도 자신의 이름 앞에 목수가 붙는 걸 허락하고 생활 가구는 이렇고 아트퍼니처는 저렇다며 인터뷰를 해버렸으니 마음이 불편하여 밤잠을 설쳤다.

활발하게 활동하는 목수의 속내는 줄곧 그러했다. 마침내 나를 괴롭히던 목소리에 응답할 시간이 왔다. 오래도록 불편했던 진실을 마주 보기로 했다. 내 속에 있는 관념이나 심상이 가구라는 옷을 입기에 적합하지 않다는 것을 깨끗하게 인정했다. 자기 생에 떳떳하지 못한 태도로는 그만 살자. 진심이 될 수 없는 일에 숨을 허비하지 말자. 차곡차곡 쌓아온 허울뿐인 모습을 버리고 나의 심상과 관념이 무엇이 될지 모르는 상태로 다시 회귀했다. 그 이후에 나의 작업에 관해 묻는 질문에 이렇게 답했다.

누구나 보고 느끼고 생각하는 보편적인 것들에 저의 해석을 입혀 재현하는 방식으로 작업하려 하고 있습니다. 기존의 작업 방식을 리셋하고 다시 구축해가는 중이라 영역에 제한을 두지 않고 다양한 시도를 하고 있습니다.

확신만큼 확신을 기만하는 게 또 있을까. 그런데도 나는 확신한다. 오늘의 몸짓들이 내가 그리는 생으로 나를 인도할 거라는 확신. 확신에 가득 찬 내 얼굴은 다시 윤이 난다.

교복 입은 학생의 등굣길만 같아라

멍청한 소리 같지만, 세상이 나를 목수로 보고 있다는 것을 정말로 인지하지 못했다. 어느 정도냐면 디자이너의 삶을 종결하고 목공을 배울 때도, 작업실을 꾸려 목가구를 만들 때도 목수라는 단어를 단 한 번도 내 삶과 연관 지어 생각해본 적이 없었다. 어떻게 그럴 수 있느냐 싶은데 설마, 이 정도까지일 줄이야 감탄하며 놀란 건 그 누구도 아닌 나였다.

삶의 기로 속에서 한참 예민했던 시절, 타인의 시선을 통해 나의 불확실성을 확인하거나 내면의 불안정한 감각을 끄집어내는 일을 괴로워했다. 특히 감정적 왜곡이나 단편적인 현상에 집착하는 걸 기민하게 느끼고 꺼렸던 탓에 그 어떤 얇은 장막으로도 가려지지 않는 자신과의 독대에만 집중했었다. 두 눈은 언제나 외부가 아닌 내부를 향해 있었고, 그랬기에 내 의식이 바깥 세계의 부름을 알아차리지 못할 정도로 무심했다. 그러한 특질이 아직 남아 있어서 "제가 목수인 줄 몰랐어요" 따위의 바보 같은 말을 하도록 만들었다고 평계를 대본다.

나무를 다루며 사는 여성 아홉 명의 인생 이야기를 엮은 단행본 『여자목수』에 내 이름과 이야기가 실리면서 그제야 바깥세상의 목수를 보게 되었다. 책을 준비하며 에디터는 목공하는 여성으로서 겪었던 편견이나 곤란한 일을 물었다. 말했다시피 스스로 목수라는 자각이 전혀 없었기 때문에 질문 자체가 낯설었고, 분명히 그 정도 경험은 있을 거라는 기대 섞인 추측이 내가 느낀 첫 선입견이었다.

곰곰이 생각했다. 여성 작업자로서 권리를 찾겠다며 의지를 다질 만큼 부당하고 억울한 일이 있었던가. 내게 송곳 같은 눈초리도 면봉처럼 둥글게 보는 재주가 있어 모르고 지나쳤을 수도 있고, 운 좋게 직업에 성 관념을 대입하지 않는 사람들과 연이 깊은 덕에 사회의 색안경으로부터 보호받았던 것일 수도 있다. "없었어요"라고 답하면 지면 분량을 못 채우겠지……. 에디터가 곤란해할까. 어느 직업이든 겪을 법한 일상다반사에 목공하는 여성을 붙여 말하자니 괜스레 유난 떠는 것 같았고, 지난날을 헤아려봐도 특별히 건져 올릴 곤란함이 없어 곤란했다.

한 수 앞을 내다본 에디터의 예견이었을까. 내가 이 일을 사랑할수록, 작았던 내 세상이 점점 범위를 넓혀갈수록 쓴맛 나는 일도 하나둘 늘었다. 곤란하진 않아도 적당히 피곤한 일. 나무를 다루는 여성 작업자가 겪는 그저 그런 세상일.

커피 마시러 왔어요

첫 작업실 공사가 마무리될 즈음이었다. 어질러놓은 물품을 정리하느라 택배 상자를 들고 분주하게 움직이고 있는데 누군가 불쑥 문을 열고 들어왔다. 더 올 택배가 있던가? 생각하며 고개를 돌렸으나 옷차림이 택배 기사는 아니었다. 작업실에 방문한 중년 남성은 이 지역에서 오래전부터 목공방을 해왔고 포털사이트 지도에 못 보던 곳이 생겨 와봤다며 자신을 소개했다. 찾아온 손님을 마냥 세워둘 수 없어 커피를 드리고 데면스레 대화 몇 마디를 나누었는데 그가 더는 할 말이 없는지 기계실과 조립실을 돌아다니며 기계를 살피고 수공구를 만지작거렸다.

맙소사, 염탐의 눈빛이었다. 이게 바로 말로만 듣던 동종업계의 텃세인가. 그가 나를 두고 밥벌이에 해가 될 존재인가를 파악하는 동안, 그의 탐색전을 멀찍이서 지켜봤다.

"저보다 목공 오래 하셨으니 선배님이시네요." 먼저 벽을 허문 탓이었을까. 첫 대면에 심사평 같은 훈수를 두고 떠나는 그를 보며 저만큼 철면피여야 먹고살 정도로 삶은 치열한 거구나 감탄했다. 직장인 딱지를 뗀 자영업자 인생 처음으로 타인으로 인한 에피소드가 생겼다. 그날 저녁 퇴근 후 동거인 S에게 은은한 텃세를 겪은 것 같다고 말했다.

"식당도 그러나? 주방장이 옆 식당 찾아가 조리 도구 막 뒤져보고. 그 아저씨 보기 드문 용사인거 같아."

그는 일주일 만에 다시 작업실에 찾아왔다. "커피 마시러 왔어요." 건네준 명함은 어쩌고 연락도 없이 와서는 지난번 탐색전이 성에 안 찼다는 듯 여기저기 어슬렁댔다. 그에게 순순히 커피를 건네주며 "작업할 때 오시면 곤란해요. 다음에 오실 때는 미리 연락 주시고 오세요" 하고 당부를 했다. 이렇다 할 용무도 없이 와서 별말 하지도 않고 커피만 홀짝이다 가는 그가 불편했다. 그 후 의뭉스러운 눈을 한 방문객이 난데없이 나타나 작업의 흐름을 끊지 못하도록 출근과 동시에 출입문을 잠가버렸다. 한동안 잠잠하다 싶어 마음을 내려놨는데 별안간 문을 두드리는 소리가 났다. 잠긴 유리문 앞에 서 있는 그를 본 순간 나도 모르게 미간이 찌푸려졌다. 마지못해 문을 열고 "연락도 없이 어쩐 일이세요" 퉁명스럽게 물었다. 전에 왔더니 문이 잠겨 있더라며 커피 마시러 왔다는 그의 말을 듣고 뒷목이 쭈뼛 서며 짜증이 치밀었다. 그를 향해 여기가 다방이냐고 매섭게 쏘아붙였다.

작업실 간판도 달기 전에 사람을 문전박대하다니. 순간의 화를 참지 못했다는 죄책감이 스멀스멀 올라왔고 세상에는 맺지 않아도 될 인연도 있다며 나의 행동을 긍정했지만, 그렇다 해도 마음이 편해지지 않았다. 날 선 내 목소리는 불청객만 쫓아낸 게 아니라 평정심도 같이 내쫓았다. 너무 쉽게 경계를 풀었나, 젊어서 만만한가, 내가 예민했나, 그의 진심을 곡해했나, 이 지역 목공하는 사람들 다 이런가, 내가 여자라 만만한가. 거를 틈도 없이 거친 생각들이 봇물 터지듯 솟아났다. 하지만 내가 더 늙고 그가 젊었어도, 내가 남자고 그가 여자였어도, 그와 나의 공통점이 목공이 아니었어도 이 감정은 달라지지 않았을 것이다. 한 달여간에 걸쳐 꾸준히 느꼈던 불쾌함은 그의 무례함에 기인한 것이 분명했다. 내 뜻을 더 분명한 어조로 전달했더라면 서로 얼굴 붉힐 일도, 그를 민망하게 돌려보내는 일도 없었겠지. 감정 조절의 미숙함을 들춘 부끄러운 사건이라는 자책과는 별개로 아주 찰나였지만 스스로 '내가 여자라서' 이런 무례함을 겪게 된 건지 의심했다는 것에 적잖게 놀랐다. 그의 얼굴은 금세 잊혔다. 하지만 어떤 상황에 성별을 대입해 피해의식을 느꼈다는 사실은 두고두고 인상 깊게 남았다.

남자 없어요

목재상에서 주문한 나무를 내릴 때였다. 화물 택배 기사님은 나를 보자마자 불만 반 한숨 반 섞인 목소리로 남자를 찾았다.

"없어요. 제가 해요."

어디 하루 이틀인가. 내 그럴 줄 알았다. 웃는 얼굴에 침 뱉지 못한다고 냉큼 성격 좋은 척 너털웃음을 꺼내 보이며 기사님의 짜증을 달래는 일도 능숙해졌다. 나무를 주문할 때마다 바뀌는 기사님의 눈에 남자가 마땅히 있어야 할 자리에 서 있는 여자는 늘 똑같은 나였고, 나는 늘 그들의 예상을 빗나간 존재였다. 장거리 운전하느라 몸도 피곤하고 가뜩이나 시간도 부족한데 이 여자를 대신해 본인이 나무를 다 내려야 하는지 염려하는 심정도 이해했다. 할 일이 늘어날 것 같은 불길함은 누군들 싫을 테니까.

길이 8자, 두께 2인치짜리 제재목을 옆구리에 끼고 도토리 든 다람쥐처럼 재빠르게 움직이는 모습을 본 기사님이 여자가 힘도 세고 일도 잘한다고 멋쩍은 웃음을 지었다. 짜증 낼 때는 언제고. 듣거나 말거나 "일은 요령이죠"라며 가시를 섞어 뱉었다. 때 묻은 목장갑을 벗어 이마에 맺힌 땀을 닦고 숨을 고르면 메아리처럼 다시 들리는 일 잘한다는 소리에 맥이 빠졌다. 비타민 음료 한 병과 하차비를 담은 봉투를 기사님께 건네고 작업실 주차장을 나서는 트럭을 바라보니 없던 기운이 더 빠져나갔다. 이 장면은 데자뷔일까, 예지몽일까. 매번 토씨 하나 틀리지 않고 남자 없느냐 묻는 기사님들과 노련한 솜씨를 (평소보다 더 열심히) 선보이며 그들을 안심시키는 내 모습은 3년 전에도 6년 전에도 똑같았다.

그래도 화물 택배 기사님은 1년에 많이 봐야 열 번이 안되니, 잊을 만하면 없는 존재를 상기시켜주는 수준이었다. 몇 달 전, 목공하는 여자의 피로도가 정점을 찍은 일이 있었다. 뉴스의 막을 여는 아나운서의 인사말처럼 귓가에 닿기도 전에 흘려버렸던 남자 없느냐는 말을 두 번째 작업실로 이전하는 동안 몸서리치도록 듣고야 말았다. 홀로 작업할 때는 인지하지 않았던 나의 외형은 세상 밖으로 나올 때마다 여성이란 고정된 껍데기에 싸여 눈에 띄게 도드라졌다.

대형 기계를 옮겨주는 도비 사장님, 잔짐을 나르느라 거래한 용달 아저씨, 가벽 철거업체 사장님, 매물을 구하면서 만났던 여러 공인중개사님, 전기 설비 기사님, 1일지기 건물주까지 눈앞에 있는 여자에 놀라거나 곤란해하며 눈앞에 없는 남자를 찾았다. 사전에 여자임을 밝히고 도와줄 사람을 미리 섭외하고 비용을 추가로 지불하는 데도 말이다. "남자는 없어요?" "여자가 혼자서 해요?"라는 질문 속에 나쁜 의도가 없다는 것을 알고 신경 쓰지 않으려 했지만, 약속이라도 한 듯 만나는 사람마다 남자, 여자, 남자, 여자 돌림노래를 부르는 탓에 (남자 없이) 목공하는 여자임을 확인받은 뒤에야 작업실 이전을 할 수 있나 보다 싶기까지 했다. 아르바이트 생을 고용해서 등신대처럼 옆에 둬야 '없는 남자를 찾는 사람들의 모임'이 해산될 것만 같았고 "네, 저 혼자서 해요"라고 답할 때마다 해명하는 기분이 들었다. 할 일이 많아서 바쁘게 움직이는 것 같아 보였겠지만, 얼른 여자 딱지를 떼고 오롯이 나로서 존재할 수 있는 작업실로 숨고 싶은 몸부림이었다. 그게 간절해 작업실을 이전하는 3개월 동안 단 하루도 쉬지 않았다.

악당들

대형 목공기계를 생활 가전 돌리듯 쓰고 밴드 소 톱날을 능숙하게 교체하고 이 나간 칼을 불똥 튀기며 그라인더에 갈 아내는 여자가 등굣길 교복 입은 학생처럼 흔히 볼 수 있는 모습은 아니겠지. 어제는 사다리 타고 올라가 건물 외벽에 붙은 간판을 뗐다고 "여자가 대단하네"라는 말을 들었다. 생명을 잉태하고, 전쟁터에 나가 싸우고, 우주를 탐사하고, 죽어가는 사람도 살리는데……. 차라리 "사장님 대단해요"라고 해주면 어깨라도 으쓱할 수 있잖나. 그래도 남자가 할 일

을 해낸다며 대견해하는 표정이나 남자가 하기도 힘든 일을
한다며 짓는 안쓰러운 눈빛은 그나마 인류애라도 있다.

여자가 왜 이런 일을 하느냐고 결혼이나 하라는 사람,
성격이 얼마나 드세면 여태 버티겠냐고 혀를 차는 사람과
마주쳤을 땐 만화 속 악당 캐릭터를 보는 것 같았다. 못된
말을 쏟아내는 모습이 잔망스럽다 못해 우악스럽기까지 한
시트콤의 한 장면 같아서 마냥 우습기도 했다. 역사가 없는
그들과 나 사이에 무슨 사려 깊은 말을 바라겠는가. 생각 없
이 뱉는 말들은 타격감이 없다. 좁쌀 한 톨만큼도 마음을 내
어주고 싶지 않은 오기가 생기고 대꾸할 가치가 없는 못된
말에는 얼굴 붉힐 만큼의 정성도 아깝다. 무례한 사람은 어
디에나 존재한다. '오늘은 어쩌다 악당을 만났어.' 돌아서
면 그만인걸.

관심보다 관찰에 가까운 시선을 감내하는 이유는 모두
가 인간이라서다. 생경한 것을 향한 관심, 탐구욕은 어쩔 수
없는 인간의 본능일 테니. 제우스의 경고에도 상자를 열고야
만 판도라의 호기심을 비난할 수 없다. 내가 인간이라서다.
탐구욕이, 호기심이 무슨 죄랴. 인격이나 사고방식에 따라
세상을 이롭게 하거나 해롭게 하거나, 영웅이 되거나 악당이
되거나 하는 거겠지. 태초부터 생물의 성별이 50개쯤 되었다
면 세상은 어땠을까 하는 상상을 했다. 그렇다면 남자의 부

재에 해명하듯 말을 보태고 호기심 짙은 시선을 못 본 척하고 편견 깃든 칭찬에 고개를 갸웃하는 일이 더 적지 않았을까. 남자가 아니라서, 남자라서, 여자가 아니라서, 여자라서 시달리는 인간은 대체 무엇이어야 한단 말인가.

희소성의 장단점

유명 의류 회사에서 광고모델 제안이 들어왔다. 별의별 신종 사기가 다 있다고 생각했다. 그냥 모델도 의심스러운데 의류라니 가당키나 한가. 마케팅 담당자가 촬영할 의류는 산업현장에서 입는 작업복이고, 워크웨어workwear 전문 브랜드 론칭을 준비하고 있다고 말했다. 믿거나 말거나 그건 그 자체로 희소식이었다. 마땅한 작업복이 없어 평상복을 작업복처럼 작업복을 평상복처럼 구분 없이 입고 지내니 옷장에는 허름한 옷만 그득한 터였다. 미모와 몸매도 상관없이 기술만 있으면 되는 의류 모델이라니. '인생에 남는 건 추억뿐이지.' 미심쩍으면서도 용감하게 모험을 받아들였다.

배짱 좋게 들어선 본사 건물 로비에서 마케팅 담당자와 인사하고 나서야 이것이 진짜 현실임을 실감했다. 회의실 한 면을 다 채운 큼지막한 스크린에 기획안을 띄운 본사 담당자는 직업 모델을 고용해 촬영해보니 현장의 생생한 맛이 느껴지지 않아 현업에서 활동하는 목수를 찾게 됐다고 나를 섭외한 경위를 설명했다. 국내 최초 워크웨어 브랜드로서 산업 분야에 종사하는 여성들도 놓칠 수 없는 고객이라는 근사한 말도 덧붙였다.

목공하는 여성들의 활동이 조금씩 두드러지며 관심을 끌던 때였고 여자 목수는 신규 브랜드를 홍보하기 좋은 콘텐츠였다. 타고난 성별이 여성인 이유로 이목을 끄는 집단에 속한다는 건 자본주의사회에서 이점으로 작용했다. 목공하는 여성이라는 희소성은 내 노력이나 능력과 무관하게 단맛나는 경험을 안겨주었다.

광고촬영 당일 내가 착장할 옷이 줄줄이 매달린 옷걸이 앞에서 미소를 감추지 못했다. 회의실에서 들었던 설명만큼이나 잘 만들어진 옷들이었다. 너무 어릴 적이라 제목이 전혀 기억나지 않지만, 예전에 이런 만화가 있었다. 꼬마가 이불처럼 큰 담요를 전신에 두른 채로 눈을 감고 입고 싶은 옷을 상상하면 몇 초 뒤에 흰색 담요는 상상했던 옷으로 변해 있었다. 마법의 담요 한 장이면 학교에 갈 때, 파티에 초대받았을 때, 좋아하는 이성 친구가 갑자기 집에 찾아왔을 때 꼬마는 늘 새것 같은 예쁜 옷을 입을 수 있었다. 두근거리는 마음으로 이불을 뒤집어쓰고 '내일은 노란 치마를 입게 해주세요' 빌었던 아이의 소원이 이런 식으로 이루어진다고? 마법의 담요 같은 옷을 입으니 수십 명의 스태프에 둘러싸여 있어도 자신감이 넘쳤다.

가슴팍에 연필과 철자를 꽂을 수 있는 재킷, 우레탄 망치도 들어갈 깊은 주머니가 있는 셔츠, 끌과 대패가 멋스럽게 프린트된 티, 수납공간이 많은 조끼와 화이트오크 색 팬츠……. 백화점에서도 느끼지 못한 강렬한 유혹이었다. 작업자에게 필요한 것만 꼭 집어넣은 맞춤 의상을 여러 차례 갈아입으며 이 모험은 성공적이라고 자축했다.

새 작업복을 연달아 내주는 램프의 요정 지니가 세상에 등장할 날만을 기다렸다. 드디어 론칭 디데이가 되었고 누추한 옷장을 이제는 갈아 치우리라 생각하며 컴퓨터 앞에 앉아 눈독 들였던 옷을 연신 찾았다. 작정하고 탕진하려는 나를 막아 세운 건 사이즈였다. "아, 여자 사이즈는 왜 없는데. 약 올리는 것도 아니고." 상의는 공용으로 입을 수 있었다. 다만 어깨 폭이 넓고 소매가 더 길고 품이 많이 넉넉할 뿐이었다. 하지만 가장 탐났던 화이트오크 색 팬츠는 그림의 떡이었다. 제일 작은 사이즈 팬츠를 입고 문구용 집게로 세 번을 접어 집었을 때 알아챘어야 했다. 판매용 제품은 아직 생산 중이라던 담당자의 말을 여자 사이즈도 있다고 해석하다니!

그냥 익숙한 존재

'여자 목수라 남자 목수에 비해 힘이 부족할 텐데 힘들지 않나요?' '여자 목수 작품이라 그런지 어쩐지 더 섬세한 것 같아요.' 이 말들이야말로 킬러 문항이다. 키보드 위에 얹은 열 손가락이 요지부동이다. 노트북 전원을 켜고 메일 로그인을 하고 한 매거진에서 보낸 서면 인터뷰 파일을 다운받아 열기까지 멀쩡하게 움직이던 손가락이 꼼짝을 안 했다. 새하얀 여백에 덩그러니 놓인 커서가 유독 시꺼멓게 보였고 유달리 깜빡이며 뭐라도 쓰라고 재촉하는 것 같았다.

사람들은 무엇인가를 탐색할 때 자신이 알고 있는 비슷한 대상을 비교군으로 삼고 관찰하고 정의한다. 남자 화가에 기준을 두고 여자 목수를 정의할 수 없듯이 여자 목수의 비교 대상은 필연적으로 남자 목수여야 하는 것이다. 이제껏 숱하게 받아온 질문들은 이전부터 분명히 존재해왔지만, 눈에 띄지 않았던 그들이 조금씩 눈에 띄기 시작하면서 아직은 낯설어서, 익숙하지 않아서, 잘 몰라서, 궁금해서, 알기 위해서 비슷한 대상과 비교해야 하는 과정이라고 생각했다.

"물론 신체적인 조건에서 오는 차이는 있습니다. 하지만 제가 아는 남자 목수들도 일할 때 다 힘들어해요. 목공이 몸을 움직이며 하는 일이다 보니 힘을 많이 쓰는 일이라고 여겨지는데, 되레 강한 힘보다는 기술적 요령과 지구력이 더 필요한 일입니다." "섬세함을 타고난 남자도 많고 여자라고 다 섬세한 것도 아닙니다. 모든 일이 그러하듯 개개인의 특성으로 봐주시면 감사하겠습니다." 내가 보기에도 재미없는 답변을 타닥타닥 적었다. 여전히 목공하는 여성을 향한 질문은 성 관념에 묶여 있는 경우가 많고, 많은 생각이 들게 하지만, 쉽사리 답하기는 어렵다. 내가 남자가 되어봤다면 목공하는 남성과 여성 간에 어떤 차이가 있는지 극명하게 알 수 있었으려나.

한 달 뒤쯤 우편함에 꽂힌 매거진을 빼내어 작업실에 앉아 읽었다. 역시 에디터한테도 재미가 없었나 보다. 지면에서 쏙 빠졌다. 인터뷰 요청이 올 때마다 거절하지 않고 매번 응했던 건 겉핥기식 질문이라 하여도 성실하게 답함으로써 사람들이 익숙해지도록 만들고 이 통과의례를 넘어서야 목수에게 묻는 질문이 찾아올 거라고, 굳이 비교하며 정의하지 않아도 될 만큼 나무를 다루는 여성의 모습이 자연스러워질 거라 믿고 있어서였다. 요리사처럼, 도예가처럼, 디자이너처럼, 피아니스트처럼, 댄서처럼, 화가처럼, 교복 입은 학생의 등굣길처럼 그냥 익숙한 모습으로.

그 많던 작품은 다 어디로 갔을까

　　남양주 마석에서 목공방을 하는 Y오빠가 작품을 부쳤다. 한껏 달궈진 열정으로 작업에 심취해 있을 때 만들었던 1.8미터 크기의 오브제였고, 일일이 얇은 살대를 짜 맞추어 조립하느라 한 달을 고민하고 두 달에 걸쳐 제작한, 공을 많이 들인 작품이었다. 작품은 매스를 최소화한 도넛 형상의 볼륨이 돋보였고, 무수히 많은 선과 선이 교차되어 형성된 규칙적인 입방체의 집합이었다. 부피가 큰 탓에 공방에서 꽤 자리를 차지하고 있었는데 먼지가 켜켜이 쌓여가는 것을 더는 지켜보기 싫다며 자식 같은 작품을 과감하게 해체해버렸다. 비워야만 채울 수 있다는 생각이 들었다고 했다. 쉽지 않은 결정이다.

　　작품이 만드는 족족 팔려나가는 일은 요일마다 한 장씩

구매한 복권이 전부 1등에 당첨되길 바라는 것과 같은 허황된 꿈이다. 처음에는 공방 측벽을 따라 작품을 배치하고 선반 위에 보기 좋게 얹지만, 머지않아 포화 상태에 이른다. 작품들은 거대한 테트리스 블록처럼 들쑥날쑥 쌓인다. 작업 동선을 고려하여 널찍하게 꾸몄던 공간은 점점 비좁아지고 발 디딜 곳이 없어지면서 공방은 작업실과 창고의 경계를 오간다. 작품 몇 점은 내 집으로, 부모님 집으로, 집들이 선물로 흩어지고 더는 작품 둘 공간이 없다는 위기에 직면하면 제작하기 전에 보관부터 걱정해야 하는, 이러지도 저러지도 못하는 늪에 빠진다. Y오빠의 말처럼 비워야만(폐기해야만) 채울 수(새 작업을 시작할 수) 있는 쓸쓸한 상황을 맞는다.

2023년 올해의 공예상을 받은 이상협 공예가의 서촌 작업실은 말 그대로 작업실이다. 작가의 오랜 경력과 화려한 이력으로 보아 그간 만든 은빛 기물들도 상당히 많을 텐데, 주 활동지가 영국이었고 한국에 들어온 지 몇 년 되지 않았다는 점을 감안해도 작업실에 놓인 작품들은 많지 않았다. 이유인즉 그의 작품은 개인 컬렉터가 구매했거나 갤러리와 미술관에 소장되어 있고, 여러 지역에서 전시 중이었다. 공예가라면 모두가 부러워할 만한, 전 세계가 그의 쇼룸이고 창고인 셈이었다. 뿔뿔이 흩어진 그의 작품을 한데 모으면

서촌 작업실 또한 온전히 작업을 위한 공간으로만 존재하기 어려웠을 것이다. 그런 그도 활동 초기에는 작품 보관에 어려움이 있지 않았을까. 그나마 다행인 것은 은기는 20센티미터만 넘어도 대작으로 볼 만큼 대부분 작아서 작품의 부피가 차지하는 공간이 넓지 않다는 점이다. 그가 만든 지름 55센티미터의 은 달항아리는 금속공예 분야에서 초대형 사이즈에 속하는 편이라 하니, 아무렴 사람이 기대 쓰는 목가구보다는 고충이 덜하지 않을까.

최근 공주 갑사 인근으로 터를 옮긴 현대 목공인 1세대인 김정목 목수는 건물을 지어 1층에 작업장을, 2층에 갤러리 카페를 만들었다. 갤러리에는 그가 만든 여러 점의 '샘 말루프 의자'와 '조지 나카시마 의자'가 온화한 빛을 받으며 자태를 뽐내고 있다. 카페를 방문한 손님들은 자연스레 그의 의자에 앉고, 몸을 기대며 차를 마시고, 피부에 닿는 팔걸이와 테이블 상판의 촉감을 느낀다. 한 점에 천만 원을 호가한다는 그의 작품을 부유한 사람들의 전유물로 두지 않겠다는 마음, 가구는 온몸을 문대며 쓰는 것이라는 본질을 자신의 갤러리에서 보여주는 것이다.

그러나 이런 극소수의 케이스를 제외한 대다수의 젊은 작업자에게 마땅히 둘 데도 없고, 전시 후 다시 품에 안기는, 사겠다고 나서는 이도 없는 작품들은 암담한 현실로 다가온다. 왜냐하면 매 순간 최선을 다했고, 이유 없이 만든 작품은 단 한 점도 없기 때문이다. 어미 새가 알을 품듯 보호하고 싶었던, 미세한 스크래치도 용납하지 않았던, 애지중지했던 작품들을 보며 자신의 미감을 의심하거나 회의감을 느끼기도 한다. 급한 대로 재료비만 겨우 건지고 할인가에 판매하거나 완전히 해체하는 방법을 쓰고, 컨테이너를 임대하거나 더 넓은 평수로 작업실을 이전하는 등 장기적인 강구책도 찾는다. 누구도 쓰지 않는 물건에 대해, 누구도 눈길 주지 않는 작품에 대해 작업자만 느끼는 애증은 단골 고민거리다.

작품은 꾸준한 작업을 통해 성숙한다. 작업자에게 정석으로 통하는 말이다. 수년 전 비슷한 말을 들은 기억이 있다. 한선현 목조각가와 삼척의 한 식당에서 식사하는 자리였다. 염소 작가로도 알려진 그는 동화를 조각한다는 인상을 주는 푸근한 느낌의 작가였다. 좌식 테이블 위에 보글보글 끓기 시작한 찌개를 가운데 두고 마주 앉은 그가 다정한 어투로 작업을 많이 하라는 조언을 했다. 그는 흑단처럼 단단하고 조각도 날처럼 예리한 면모가 있었다. 곰돌이 푸도 사자와 호랑이에 비견되는 맹수인 것이 생각났다. 그는 예술이라는 야생에서 살아가기 위해 맹수처럼 작업에 달려드는 사람이었다. 삼척문화예술회관 1, 2층에 전시 중인 작품 수는 상당했다. '염소야, 늑대가 나타났어.' 한 문장이면 될 동화

책 속 대사를 음절과 음소로 쪼개서 '염' 'ㅅ' 'ㅗ' '야' 'ㄴ' 'ㅡ' 'ㄱ' '대' '가' 'ㄴ' 'ㅏ' 'ㅌ' 'ㅏ' 'ㄴ' 'ㅏ' 'ㅆ' '어'를 하나하나 손으로 조각해버렸다. 내가 느낀 그의 전시는 그렇게 엄청난 작업량으로 채워진 살아 숨 쉬는 동화책이었다. 눈 뜨고 작업하고 밥 먹고 작업하고 잠들기 전에 작업하는, 의식적이면서도 맹목적인 일상의 꾸준함을 짐작하게 했다. "작업을 많이 하라." 그의 말이 끝나기 무섭게 화전 벌말마을에 있는 그의 작업실이 조각과 드로잉, 채색화로 빼곡했던 걸 떠올렸다. 그걸 묵묵히 해내온 사람, 자신의 신념을 우직하게 작품에 새겨 넣은 중견작가의 일침에 당당하게 그렇게 하고 있다고 답할 수 없었다. 알고 있어도 말처럼 쉽지 않았다. 나는 팔팔 끓어 넘치려는 찌개로 재빨리 시선을 돌리고 버너의 화력을 줄였다. 게으른 작업자는 재료비가 비싸다, 보관할 곳이 없다, 생계 때문에 시간이 부족하다는 너무나도 현실적인 핑계를 둘러댈 전의마저 상실했다. 내 작업실 선반장에 처박혀 묵은 먼지를 담요처럼 덮고 있는 목물들의 신세와 가장자리가 검누렇게 눌어붙은 플라스틱 그릇에 담긴 채 젓가락질을 기다리는 밑반찬의 신세가 닮았다고 생각했다. 작품의 존재 의미는 무엇으로부터 부여받는 걸까.

　그 많던 목물들은 외할머니의 땔감이 되었고 활활 타올라 가마솥에 엿기름을 달이는 데 요긴하게 쓰였다. 외할머니는 나무가 좋아서 잘 탄다고, 고추장이 맛있게 담가진다고 만족해하셨다. 거참, 작품이란 게 별것이 아니었다. 전시장에 있으면 오브제고 아궁이에 있으면 숯덩이다. "그래, 너는 작업실에서 짐 취급을 당하느니 고추장에 몸 바치는 게 낫겠다. 가거라." 포대에 목물을 담으며 뱉는 혼잣말은 내 지난한 작업 과정과 결과물에 대한 평가이자 사형선고다.

자신의 세계를 개척해가는 젊은 작업자에게 꾸준한 작업과 함께 꾸준히 작품을 포개놓는 상황은 딜레마이자 피할수 없는 숙명인 듯하다. 그저 많이 만들어보는 것 외에 다른 방도가 없다. 작품이 생산과 폐기의 사이클을 도는 것도 자연스러운 일임을 겸허히 받아들이는 법을 배워나갔다. 케케묵은 먼지를 털어내며 속상해할 시간에 도공처럼 그 자리에서 망치를 들어 깨부수고, 시행착오와 미완성을 짊어지고 있지 말자고.

알고 있어도 말처럼 쉽지 않은 수많은 일 중에 그래도 하나쯤은 말처럼 쉽게 해내야 하지 않을까. 작업자가 가장 좋아하는 게 작업이고 가장 잘하는 게 작업인데 많이 하라는 게 뭐 그리 어려운 일이겠냐고.

예전에 실험예술가 최찬숙의 인터뷰를 인상 깊게 읽은 적이 있다. 이미 국내외로 실력을 인정받고 작가의 길을 걷고 있는 그녀이지만 나와 같은 고민을 하며 기로에 서 있다

는 걸 안 후, "갈 데까지 가보자는 마음이랄까" 하고 운을 뗴
는 그녀의 말에서 부끄러움을 느꼈다. 여러 번 읽고 또 읽으
며 그녀의 말을 곱씹었다. 갈 데까지 가보자는 마음이 내겐
있을까. 난 어떤 마음으로 내 일과 삶을 마주하고 있을까. 비
단 그녀뿐이겠는가. 경제적 어려움, 작품의 시장성과 상품
성, 예술시장의 유통 구조에 흡수되는 것, 작품과 상품 사이
의 괴리감, 피난처이자 고통의 근원인 창작 과정, 예술가로
서의 삶에 대한 근원적인 질문들과 선택. 그것들을 두고 항
상 옳고 그름의 기로에 서 있는 작가들이. 풀리지 않는 숙제
를 안고서라도 갈 데까지 가보자는 마음. 내겐 있는가?

　　나무를 다루기 전과 후의 삶, 내게는 인생의 전환점을
상징하는 것과 같았던 〈인드라망〉을 결국 해체했다. 벽에 단
단히 고정했던 나사를 풀고 사방 220센티미터 격자판에 붙
였던 51개의 거울을 하나씩 떼어냈다. 이마트에서 가져온 라
면 박스에 거울을 넣고 테이프로 칭칭 감아 창고 깊숙이 집
어넣었다. 인드라망의 뼈대는 어느 폐기물 업체에 의해 몇
달 전 산산이 부서졌을 것이다. 내 손에서 탄생한 작품이 내
손에서 소멸되는 경험을 하며 제법 냉담할 수 있었던 건 외
할머니와의 고추장 거래를 통해 단련된 나름의 내공이었다.
한때는 만족이었고 자랑이었던 감정을 영원히 등지고 한 번

의 영광을 끝으로 더 이상 빛 받지 못한 작품에 대한 연민도 사진 속에 묻었다.

　작품을 내 일부로 소유하려는 욕심에서 멀어지는 연습을 해야겠다. 꾸준한 작업을 통해 얻어야 하는 것은 내 손을 거쳐 간 것에 내가 드러나는 것일 뿐. 정신을 물질에 가두지 말자고, 박제하거나 고착되지 말자고 반성문을 써본다. Y 오빠를 만나면 나눌 얘기가 많겠다. 우리, 갈 데까지 가보자고요.

나 홀로 작업실에, 너 홀로 작업실에

간혹 작업실을 찾는 이가 "혼자서 이렇게 일하면 좋겠어요"라는 말을 한다. 실제 홀로 작업실에 있는 나를 두고 하는 말이니, 나는 진심으로 "좋은 점이 많다" 답하지만, 목공은 혼자 하는 일이 아니다. 외적으로는 회사, 소그룹, 프로젝트성 협업 등 조직과 구성원의 유무에 따라서 혼자가 아닐 수 있고, 내적으로는 사람에 대한 관찰, 소통과 이해와 반응을 끝없이 주고받기 때문에 혼자서 하는 일이라고 할 수 없다.

아무튼 아무개의 말처럼 혼자서 일하는 사람, 혹은 나의 식별대로 작업실에 홀로 있는 사람이 된 뒤에 의외로 크게 느꼈던 건 자유보다 외로움이었다. 사람은 누구나 소속에 대한 욕구가 있고 태어난 순간부터 죽음을 목전에 둔 순간까지 다른 이의 곁을 필요로 한다더니 사실이었다. 외로움의 근원은 소속감의 부재였다.

　10인 미만의 직장부터 시작해 천 명 이상이 다니는 직장까지 근무했던 디자이너 신분일 때는 조직의 크기와 맡은 역할에 상관없이 소속은 언제든 끊고 싶은 속박에 가까웠다. 불편해도 매끄럽게 유지해야 하는 인간관계에서 오는 피곤함, 개별성을 지우는 집단성과 다수의 의사를 내세운 일방적 압력으로부터 오는 갑갑함은 적응이 불가한 스트레스였다. 그러나 직장인의 삶을 탈출했을 때 맛본 해방감은 톡 쏘는 탄산의 기체만큼 강렬했지만 순식간에 사라졌다.

　이미 비집고 들어갈 틈이 없는 지하철 2호선에 지각을 면하고자 몸을 구겨 넣었던 출근길의 끔찍함 속에도, 함께 지하철에 오르는 같은 처지의 이들로부터 느끼는 사회 구성원으로서의 소속감이 있었고, 관심 없는 어젯밤 드라마 얘기와 사건 사고 얘기를 아침 인사처럼 나누는 동료와의 티타임 속에도 같은 직장에 다닌다는 소속감이 있었다. 개발팀, 기획팀 과장님과 마주 앉아 좁혀지지 않는 의견을 팽팽히 내세우며 줄다리기하던 회의실에서도 같이 조직을 이끌어간다는 소속감이 있었다. 인정하고 싶지 않지만 서울시민이라는 소속감, 직장인이라는 소속감, 같은 직급이라 갖는 유대 같은 것들이 분명히 있었던 모양이다. 돌이켜보면 친구에게 "나는 사회 부적응자인가 봐" 하고 직장 생활의 고단함을 토로했던 건 사회적 관계에서 오는 피로가 극심해서가 아니었다. 직업의 특성이 내 기질과 맞지 않았고 다른 방식의 삶을 살고 싶었기 때문이었다.

대표도 직원도 나인 나 홀로 작업실에서 잠자는 시간 빼고 줄곧 상주하며 깨달은 외로움의 근원이 낯설게 다가왔다. 소속감의 부재는 탄산 빠진 사이다처럼 달짝지근한 자유와 밍밍한 외로움을 동시에 선사했다. 작업하다 말고 낮잠을 자도, 병원에 가도, 산책을 해도, 떡볶이를 사다 먹어도 눈치 볼 일이 없었고 상사에게 꾸지람을 듣거나 후임에게 쓴소리를 할 일도 없었다. 업무 보고서, 연차, 회식 등 어떤 것에도 구애받지 않는 자유를 즐기면서도 꼭 그만큼 동일한 질량의 헛헛함과 외로움을 느꼈다. 전 직장 동료와 목공 동기 들은 모두 서울에 있었고, 지인 하나 없는 지역에 와 있으니 작업자의 하루를 공유하며 마음 편히 대화할 사람도 없었다. 인간은 소속감과 유대감에 필연적으로 의존할 수밖에 없는 존재라는 걸 깨달으면서, 외로움이 보내는 경고를 무의식중에 알아들은 것 같다.

그 무렵 운명처럼 만난 이들이 있었다. 아는 것이라고는 이름과 활동 지역이 전부였던 첫 만남에서 그저 '거기 있을 뿐'인 타인의 존재가 그토록 기쁘고 감사할 줄은 몰랐다. 긴 세월 연락이 끊겼던 소꿉친구와 재회한 듯 인연의 소중함이 절절하게 느껴져서 평소 그런 성격이 아님에도 그들의 손을 꽉 붙잡았다. 외로움은 타인과의 관계 회복을 추구하도록 돕는 역할을 한다고 어느 심리학자가 말하던데 정말로 그랬다. 이산가족의 상봉처럼 반가운 만큼 짧게 느껴지는 만남을 뒤로하고 헤어졌지만, 다시 돌아온 일상이 전과 같지 않았다. 이들과 한나절 나눈 대화로 묵혀왔던 소통의 결핍이 해소된 거였다.

언양과 대구에서 목공방을 하는 김제은과 장현주. 친애하는 그들을 목수라 불러야 할지, 예술가라 불러야 할지, 공예가라 불러야 할지…… 여하튼 다재다능한 이들과 나의 공통점은 비슷한 시기에 목공을 시작했고 각자의 터전에서 현실에 부대끼며 홀로 작업실을 지키고 있다는 것이었다. 이러한 배경은 셋 사이에 동질감을 만들고 끈끈한 유대를 형성하는 계기가 됐다. 생존 신고 겸 바람 쐬기 겸 작업자들의 담론 겸 현실 타령을 위한 만남은 셋의 작업실을 돌며 이어졌다. 하지만 사는 지역이 다르고 매달 공방 운영 일정이 다른 탓에 휴무일이 좀처럼 맞지 않았다. 어찌 만난 귀한 인연인데 일부러라도 보고 살자며 모임 통장을 만들고 1년에 1회씩 정기 모임을 갖기로 했다. 작업실에 처박혀 사는 사람들은 만나도 겨우 작업실일 때가 많아서 이젠 좀 벗어나자는 의견에 한마음으로 환호했고, 그해 12월, 남해에 있는 오비도라는 섬으로 여행을 다녀왔다. 모임명 '일당백'이 지어진 기념비적인 그날은, 동료애에 기반하여 의지로 다져진 소속감을 서로에게 선물처럼 안겨준 날이었다. 모임 멤버라 해봐야 제은, 현주, 나까지 달랑 셋이지만, 이처럼 강제성이 아닌 한껏 느슨하면서도 서로를 지켜주는 강한 유대감은 좀처럼 느끼기 어려운 인생의 보물이었다.

모임명인 일당백은 한 사람이 백 명의 몫을 한다는 자긍심보다는 '나 아니면 누가 하리'의 일복 터진 팔자를 담은 안쓰러운 구석이 있는 이름이다. 이 단어가 후보에 올랐을 때 별다른 부연 설명을 하지 않았는데도 (달랑 셋뿐인) 멤버 전원이 감탄하며 찬성표를 던졌다. 제작, 디자인, 기획, 마케팅, 사진 촬영, 기계 수리, 재고관리, CS 상담, 배송 설치, 회계, 수업, 출장 강의, AS, 청소 등의 일을 기본으로 도맡고 있기 때문이었다. 그러나 혼자서 목공방을 운영하는 사람이라면 대부분 이런 일쯤은 거뜬히 해내고 있으므로 그것만으로 일당백이라 말하기엔 모자랐다. 현주와 제은이가 일당백 모임의 명예 멤버인 데에는 이유가 있다. 나는 다시 태어나도 절대로 할 수 없을 것 같은 그들만의 넘사벽 일화가 있다.

어느 날, 휴대전화로 사진 한 장이 전송됐다. 익숙한 공방 내부 사진이었다. 사진 속에는 흔히 쓰는 양철 집게를 한 손으로 쥔 현주가 용맹한 표정을 짓고 서 있었고, 기다란 집게 끝에는 길이가 족히 1미터는 되어 보이는 야생 뱀 한 마리가 붙잡혀 있었다. 뱀은 힘주어 똬리를 튼 채 사방을 경계하고 있었다. 하필 또 수업 중이었다. 예상치 못한 뱀의 출몰에 수강생은 기겁했고 강아지 도리는 마구 짖었다. 당장 뱀을 잡지 않으면 공방 어느 구석으로 숨어들지 몰랐다. 현주는 차라리 눈에 보일 때 잡자는 순간의 판단을 바로 실행에 옮겼다. 왕년에 검도 선수였던 실력을 발휘해 목검을 들듯 집게를 들어 단번에 뱀을 낚아챘다. 그 와중에 사진을 찍는 여유를 부리고 그대로 공방 밖으로 달려 나가 투포환 선수처럼 뒷산으로 뱀을 날려버렸다.

경치가 탁 트인 산 중턱에 공방이 있는 제은이는 집안에서도 일당백이다. 부모님의 요청이 있을 때마다 (사실은 매일) 집안일을 도왔다. 집안일이라는 게 해도 해도 티가 안 날 뿐이지 자질구레하게 신경 쓸 것이 많아서, 일을 하다 보면 제법 시간이 많이 흘렀다. 외부 견사에 있는 대형견 두 마리를 산책시키고 봄, 별, 레오, 망고 외에 여러 고양이까지 돌보고 나면 어느덧 정오 무렵이었다. 공방 아래쪽에는 부모님이 키우시는 소가 여러 마리 있는데, 부모님이 출타 중인 기간에는 이른 새벽에 일어나 늦은 저녁까지 우사에 있는 소들 밥을 챙기느라 바빴다. 이 모든 일을 앞서 말한 목공방 일과 병행하고 있으니 제은이는 몸이 열 개라도 모자랄 것이다. 한날은 출산이 임박한 어미 소 때문에 걱정이 많았다. 양수가 터지고 새끼 발이 자궁 밖으로 나와도 골반이 벌어지지 않아 출산은 물론이고 생명까지 위태로운 경우가 종종 있다고 한다. 그래서 한시도 긴장을 늦출 수 없는 어미 소의 출산 당일 제은이는 우사로 갔고, 힘들어하는 어미 소를 도와 송아지의 탄생을 이끄는 산파 역할을 했다. 이렇게 비범한 멤버가 둘이나 있으니 이 정도면 일당백이라고 해도 되지 않을까.

　나 홀로 작업실에 있지만, 절대 혼자서 해내거나 이뤄낸 일은 없다. 열심히 나무를 다루며 살고 있는 나와 비슷한 세상이 거기 그렇게 있다. 혼자 있어도 함께하고 있다는 유대감이 정신적인 부분에서 얼마나 크게 서로를 지탱하는지 이들 덕분에 알았다. 침묵만큼이나 깊은 고민과 윙윙 울려대는 기계 소리도 막아주지 않는 적적함까지, 세세하게 말하지 않아도 서로 알고 있다는 것. "헤이, 시리, 같이 좀 옮겨줘" "하이, 빅스비, 너도 거들어!" 하면 빵빵 터져주고, "엊그제 배송 갔다가 발목 땅에 박힐 뻔했잖아"라고 하면 절로 이해하고 몸 사리라고 말해주는 이들이 있어 외롭지 않다.

　'4년 뒤, 나는 빛을 낼 거야. 언니의 빛 따라서. 함께 만끽하자.'

　방명록에 적고 간 일당백 멤버의 다짐이, 나 홀로 있는 작업실을 따뜻하게 지켜주고 있다.

2

작업실 일대기를 쓴다면

달과 6펜스

6펜스

"드디어 턴다."

다시 빈털터리 삶으로 돌아간다 해도 오늘 저녁은 근사한 레스토랑에서 축배를 들며 "도비는 자유예요!"를 외칠 거란 생각에 들떠 있었다. '고생했어.' '이제 정말 작업실에 있는 먼지 한 톨까지 다 네 거야. 하고 싶은 거 다 해.' 동거인 S의 응원을 들으며 반나절 만에 거지가 된 나의 미래를 축복받을 것도 분명했다. 지난 2년 동안 할 수 없으면 어쩌나 하는 불안과 해낼 수 있을까 하는 의심과 책임을 다해야 한다는 무게가 내 일상을 파고들고 정신을 갉아먹었다. 이것은 부피나 양과는 상관없는 압박이었다. 임계치도 설정할 수 없을 정도로 무거운 한계는 언제나 동등한 수준의 용기와 태도를 요구했다. 인내하고 행동하는 것 외에 내가 선택할 수 있는 다른 길은 없었다. 드디어 턴다는 의미심장한 말을 뱉으며 그간 싸워온 불안과 의심과 압박감을 이겨냈음을 선언했다. 작업실 일대기를 쓴다면 맨 첫 장에 '손바닥만 한 물바가지로 나무 한 그루를 키운 가난한 나무꾼의 생애'라 쓰고 싶을 정도이니 내 속에서 차오른 자긍심은 전쟁에서 승리를 거머쥐고 돌아온 전사의 마음과 맞먹었을 것이다.

중소벤처기업진흥공단이 있는 빌딩은 작업실에서 걸어서 20분 거리였다. 하필 출퇴근길과 겹쳐 매일 그 앞을 지나가야 했는데 해가 떠도 비가 와도 밤이 되어도 청색 유리로 감싼 고층 빌딩은 위용을 뽐내며 빛났다. 이 세련된 건물은 도시의 화려한 정경 일부였으나 내게는 대출금을 다 갚기 전까지 하늘이 두 쪽 나도 자리를 지키고 서서 너를 감시하겠다 엄포를 놓는 권력자의 성처럼 보였다. 나는 파놉티콘에 수감된 죄수의 심정으로 그 길을 오가며 적금에 부은 돈과 예금으로 묶인 돈이 얼마인지 노상 셈했다. 그러나 이제 더 이상 채무자가 아니다. 전장에서 죽지 않고 살아 돌아온 전사가 된 기분이었다. 중진공까지 걷는 거리는 지난 인고의 세월에 대해 열렬히 환호를 보내는 시가행진과 다름없었다.

세상에 이만큼 따분한 일도 없다는 표정으로 앉아 있는

일곱 명의 심사 위원 앞에서 열다섯 장의 사업계획서를 발표하던 때가 주마등처럼 지나갔다. 작업실 시설비 마련을 위한 '창업기반지원자금'을 받기 위해서였다. 청심환 하나를 씹어 먹고 베이지색 철문을 열었다. TED에 나오는 강연자처럼 여유로운 미소를 띠고 유려한 말솜씨로 청중을 압도하며 내 사업 계획이 얼마나 타당한지, 아이템의 발전 가능성이 얼마나 뛰어난지, 향후 매출 계획과 고용 계획을 설명하고 이 사업에 투자하신다면 후회하지 않으실 거라는 회심의 한마디를 던지고 싶었다. 그러나 청중의 눈에 비친 내 모습은 예비 창업자 신분으로 사업계획서만 달랑 들고 와서 '창업 자금 좀 빌려달라 하니 의심스러우시겠지만 이만큼 열정이 있다는 걸 알아주시고 작업실 차리게 돈 좀 꿔주시면 안 될까요' 하며 읍소하는 꼴에 지나지 않았다. 5분이었다. 심드렁한 갑에게 애타는 을이 일생일대의 브리핑을 해야 하는 시간은. 생전 처음 보는 그들 손에 나의 미래가 좌우된다니 잔인했다 (6년 뒤 나는 학생들에게 사업계획서 발표 시간 7분을 주고 학점을 매기는 인생의 장난질 같은 순간을 맞는다. 내가 겪은 잔인함보다는 덜했길 바란다).

　　대학입시 이래 가장 피 말랐던 2주를 보내고서야 '대출 승인 통지 안내문'으로 시작하는 장문의 문자를 받았다. 발표는 엉망진창이었으므로 스무 번을 뜯어고친 사업계획서가 효과를 봤다고밖에 할 수 없는 결과였다. 가난한 나무꾼은 덕분에 작업실을 꾸리고 먹고살았다. 시간이 지나고, 고심해서 제도를 만들었을 중소벤처기업부 공무원과 하해와 같은 아량을 베푼 심사 위원, 떼어가는 세금이 야속해도 열심히 일하는 바지런한 국민들에게 느꼈던 고마움은 깡그리 잊어버리고 으리으리한 건물 로비를 들어서며 다시는 이곳에 얼씬도 하지 않으리라 다짐을 했다.

"재작년에 창업기반지원자금 신청해서 대출을 받았는데요. 일시 상환하러 왔습니다."

담당자가 안쓰러운 눈으로 쳐다보더니 사무실 구석진 테이블로 안내했다. 널린 게 빈자리인데 이만치 으슥한 곳으로 가야 하나 싶었다. 슬그머니 서류 두 장을 내민 담당자가 "사장님, 혹시 폐업하셨나요?" 들릴 듯 말 듯한 작은 목소리로 물었다. 그는 내가 폐업을 했다고 예상한 것 같다. 만에 하나 본인의 질문과 그렇다는 나의 대답이 부서 전체에 쩌렁쩌렁 울리면 폐업한 자의 설움을 더 북받치게 할까 봐 그나마 사무실에서 안전지대라 할 수 있는 곳으로 나를 데려가는 배려를 한 것이었다.

기술과 사업성은 있으나 자금이 부족한 청년 창업자, 예비 창업자를 대상으로 한 정부 지원사업의 일환이었던 대출은 시중은행보다 금리가 훨씬 저렴했기에 서둘러 갚으려는 사람이 없었다. 대부분 여유자금을 원금 갚는 데 쓰기보다는 사업에 투자해 더 많은 수익을 내는 걸 택했다. 그러나 내게는 자본의 논리로 수지 타산을 따져보는 현명한 꾀가 없었고, 하루라도 빨리 대출금을 상환하고 작업에 집중하고 싶은 순진무구한 마음만 그득했다. 거치 기간 중간에 상환하는 이유는 대개 하나였다. 계약서에 명시된 '더 이상 사업을 영위하지 않을 경우 대출금 전액을 일시 상환한다'라는 절대 조건. 그런 정황도 모르고 섬뜩한 말을 왜 저렇게 상냥하게 하나 싶어 퉁명스럽게 대답했다. "아니요, 일해서 모았어요."

어림잡아 850일쯤 밤낮없이 가구를 만들고 모은 돈이 1초 만에 빠져나갔다. 굳은살 두둑하게 박인 손에 쥐어진 건 대출 잔금 0원이 적힌 납부 영수증 한 장이었다. A4용지 반절 크기 영수증을 채무 졸업장처럼 받아 들고 구겨질세라 노트에 끼운 후 가방에 넣었다.

오지 않을 것 같았던, 그러나 마침내 당도한 해방의 날이었지만 내 몸은 성취의 전율보다 허무의 전율을 더 강렬하게 느꼈다. 모든 게 허구였다. 내가 빌린 돈, 번 돈, 갚은 돈은 실제로 본 적도 만져본 적도 없는, 0이 여러 개 있는 '숫자'였다. 통장에 찍힌 숫자 그 이상도 이하도 아닌 인간 사회의 시스템이 만들어낸 허구. 실체도 없는 것에 웃고 울고 그 난리를 피웠다는 생각에 아주 긴 꿈을 꾼 것 같기도 했고 심보가 고약한 귀신에 홀렸던 것 같기도 했다. 무거운 한숨을 짧게 뱉으며 의기양양하게 들어섰던 건물을 빠져나오니 퀴퀴한 자동차 매연 냄새가 코를 찔렀다. 시가행진이 끝났다. 축배고 뭐고 곧장 집으로 가 이불에 감겨 실컷 빈둥대다 잠들고 싶었다.

그래도 졸업은 졸업이었다. 허탈한 마음을 안고 S를 불러냈는데 썩 유쾌하지 않은 내 상태를 눈치챈 그녀가 대뜸 짜장면이 먹고 싶다고 말했다. 근사한 레스토랑에 간다고 내 처지까지 근사해지지는 않는다는 걸 알았으리라. 탕수육이 노릇하게 튀겨지는 동안 노트에 끼웠던 영수증을 S에게 보여주며 "도비는 자유예요"라고 수줍게 말했다. 이것마저도 안 하면 억울할 것 같았다. "진짜 애썼다. 고생했어." S의 웃음과 박수 세례는 허무의 구렁텅이로부터 나를 끄집어냈다.

고작 하급 도비를 졸업한 중급 도비는 뉘엿뉘엿 지는 해를 뒤로하고 다시 작업실로 돌아왔다. 6개월 전 대학원 입학 전형 안내문에 노란색 형광펜으로 줄 그어놓은 등록금이 기다리고 있었다. 다시 돈을 모을 차례였다.

달을 좇는 사람

　푸릇푸릇한 청춘의 가슴에 휘모는 고뇌와 숭고한 결심은 언제나 돈 앞에서 쉬이 발목을 잡혔다. 언제, 어디서, 무엇을 하든 뜻을 세우고 일을 도모하는 것은 마땅히 그리해야 하는 삶의 이치이지만, 돈은 사사건건 나를 막아 세웠고, 그 탓에 시간이 곱절로 들었고, 의지와 자제력, 책임감과 초조함은 곱절의 곱절로 들었다. 하고 싶은 일에 책임을 진다는 주체적인 태도라거나 차근차근 준비하며 목적을 이루려하는 근면한 자세였다고 추억할 수는 없다. 나에게는 몹시도 현실적인 굴욕이자 굴복이었다.

　미아처럼 세상을 헤매던 가을이었다. 이케부쿠로 시립도서관에서 운명처럼 만났던 찰스 스트릭랜드는 마음을 나눌 수 있는 유일한 존재였다. 은행원이었던 그는 고루한 현실에서 도망치지도, 안주하지도 못해 괴로워했다. 그러던 어느 날 안정적인 직장과 아내를 버리고 작심한 듯 영국을 떠나 파리로 간다. 오로지 그림을 그리고 싶다는 욕망을 좇아 떠난 파리에서 하층민의 삶을 전전하며 가난한 무명 화가로 살다가 더 멀리 낯선 세계로 떠난다. 그는 타히티섬에 정착하고 허름한 오두막집에서 원주민 아타와 가족을 이루고 살면서 그림을 그린다. 하지만 평온한 날들은 그리 오래가지 못했다. 스트릭랜드는 나병에 걸려 죽어간다. 그는 오두막집

벽과 천장에 자신 최후의 걸작을 그린다. 꺼져가는 생명의 마지막 몸부림처럼……. 그리고 불을 질러 전부 태워버린다. 작품도 그 자신도 함께.

모든 걸 버리고 파리로 떠난 찰스 스트릭랜드의 절박함은 원인 불명의 갈망을 홀로 삭이다 일본으로 건너간 내게 고스란히 전해졌다. 거칠다 못해 못되기까지 한 그를 이해했고 이기적인 그의 행동을 열렬히 응원했다(내가 그만큼 무모하지 못했으므로 대리만족에 가까운 옹호였다). 매 학기 성적 장학금을 받는 성실한 디자인과 학생이었던 내가 출결 미달로 학사경고를 받고 학업을 멈춘 건, 스트릭랜드의 눈에만 보였을 달처럼 내 속에 뜬 달이 지지도 않고 매일같이 나를 현혹했기 때문이었다. 은행원을 디자인으로, 그림을 유리로, 파리를 일본으로…… 그의 삶을 나타내는 단어 몇 개를 내 상황에 끼워 맞추며 더더욱 짙은 동질감을 느꼈다.

그러나 스트릭랜드는 화가 폴 고갱을 모티프로 한 소설 『달과 6펜스』의 주인공이었을 뿐이다. 나를 이해해줄 유일한 사람은 소설 속 인물일 뿐, 현실에서는 존재하지 않는 허상이었다. 스트릭랜드와 나의 분명한 차이는, 그는 저자 서머싯 몸이 쓴 한 줄의 문장에 파리로 훌쩍 떠날 수 있지만 나는 그렇지 않았다는 점이었다. 긴 방황 끝에 내려진 나의 중차대한 결심은 어학원 수강료, 왕복 비행기표 값, 몇 달치 월

세, 유리조형연구소 학비를 벌어야만 시도할 수 있었다. 휴학계를 제출하고 나온 내 처지는 스트릭랜드가 가장 궁핍하게 생활했던 시기와 다를 바가 없었으므로 그의 '훌쩍'은 나의 1년이었다.

스트릭랜드처럼 물질세계가 침범하지 않은 땅으로 떠날 자신이 없던 나는 한국에 돌아와 2년 만에 학교에 복학했다. 배워온 후키 글라스는 아직 실력이 부족했고 작업을 이어 할 수 있는 상업 공방도 없었다. 다시 일본으로 돌아갈까 고민했으나 언제 또다시 지진이 날지 모를 일이었다. 국내에 유리 용해로를 갖춘 시설은 충청도에 있는 대학 한 곳과 EBS 프로그램 〈극한직업〉에 자주 등장하는 제조 공장밖에 없었으므로 낙동강 오리알 처지가 된 나는 자연스럽게 학교로 돌아가게 되었다. 모두가 자신만의 달과 6펜스를 저울질하며 살아가듯이, 졸업 후 마지못해 디자이너가 되어 학자금대출을 갚느라, 학자금대출을 갚는 동안 지낼 자취방 월세를 내느라, 자취방 월세를 내며 목공방 수강료를 모으느라 꾸역꾸역 직장인의 삶을 이어갔다. 더는 버틸 수 없다는 절박함으로 차린 작업실에서도 빚을 갚느라 아무것도 하지 못했다. 숨 막히는 생활의 의무에 젖어 내 속에 뜬 달만 쳐다보며 보낸 시간이 인생의 절반에 가까웠다. 바꾸려고 노력했으나 그 무엇도 바꾸지 못한 상황. 더 안간힘을 내야 했다.

흙을 옴팡지게 뒤집어쓴 두더지처럼 목재 가루와 톱밥을 뒤집어쓰고 다니는 인간 두더지가 되었고, 아침에 작업실에 들어가면 깜깜한 밤이 돼서야 나왔다. 음악과 책을 멀리했고, 좋아하는 장르의 영화에 눈길도 주지 않았으며, 어떤 감각도 흡수하지 않으려 했다. 감정이 동요될 만한 자극을 자신에게 일절 허락하지 않았다. 인생의 공백기처럼 단 몇 줄의 일기도 쓰지 않은 건 이성에 미세한 균열이라도 간다면 주저앉을 것 같다는 두려움이 있었기 때문이다. 일말의 자기 연민도 세수하면 떼어지는 눈곱처럼 분주하게 일하며 씻어 버렸고, 감각세포 바깥에 철옹성을 쌓고 주어진 일을 처리한다는 단순한 일과만을 수행했다. 모름지기 출발선에 선 사람보다 도착점에 다다른 사람이 더 애가 타는 법. 마침내 먼지 한 톨까지도 내 것인 작업실을 만들었으니, 이제 2년치 대학원 등록금과 생활비만 마련하면 지긋지긋한 시시포스의 삶을 탈출할 수 있다는 생각에 사로잡혀 있었다.

더 근본적으로는 내 작업에 제약을 거는 것이 정말 6펜스인지를 알아야 했다. 돈을 버느라 작업이 미뤄졌고 성숙할 틈이 없었다는 게 스스로를 유리한 쪽으로 정당화할 수 있는 좋은 핑곗거리는 아니었는지 의심이 들었다. 작품 활동에만 집중할 수 있는 환경을 만들어놓고 작업자로서 자신을 시험할 기회를 얻고 싶었다. 케케묵은 갈망의 본체가 무엇인지 헤집어보고 싶었다. 만에 하나 인생의 반을 쓸어간 돈 문제를 소거했음에도 아무것도 바뀌지 않는다면, 그것은 여태 말해온 작업이 도피적 성격을 띤 이상 세계의 표상으로서 나 혹은 타인에게 설명하기 쉽게 선정한 단어에 불과하다는 걸 의미했다. 작업자로서 '어떤 작업'을 하고 싶어 한다기보다 '어떤 작업자'가 되는 몽상을 하며 갈망을 수단으로 이어가는 삶을 살았다는 처참한 진실을 마주하는 것이었다. 오래전, 그러니까 목공을 하기 전보다 더 오래전인, 유리공예를 하기도 전에 이 두려움 짙은 의심을 들킨 적이 있었다. 대략적인 줄거리도 모르고 제목에 이끌려 손에 집었던 책 『시췌의 겨울』에서 이 여인은 영원히 얻을 수 없는 무언가를, 모든 불가능한 것들을 추구함으로써 가까스로 살아간다는 구절을 읽었을 때 느꼈던 불길하고도 싸늘한 기분을 또렷하게 기억한다. 무방비한 상태로 운하임리히ᵘⁿʰᵉⁱᵐˡⁱᶜʰ▲를 마주한 것처럼.

작업실을 연 이래 가장 충만한 시간이 찾아왔다. 목표했던 학비와 생활비를 모으자마자 요란스럽던 작업실 문을 닫

▲ 독일어로 '으스스한' '섬뜩한' 등을 의미하며, '숨겨진 채로 비밀로 남아야 하지만 눈에 훤히 드러난 것'을 가리킬 때 사용된다.

았다. 가구 주문 제작을 받지 않고 신규 수강생도 모집하지 않았다. 기존 수강생들이 오는 시간을 제외하고는 계속 나무를 깎았다. 예정된 수순이었고 마음은 다소 차분했다. 그도 그럴 것이 정말 희한하게도 대학 시절 휴학을 하면서 내 인생의 콘셉트와 전개 흐름을 알았기 때문이다. 앞으로 이렇게 살아가겠구나 하는 예지豫知였다. 신통한 능력이라 해야 할지, 아집에 가까운 의지라 해야 할지 모르겠다. 이런 걸 두고 사람은 타고난 기질대로 산다 말하면 그런 유의 것이고, 숙명이라 부른다면 그런 단어를 붙여도 좋겠다. 작업실에 혼자 앉아 나무를 깎다 말고 3인칭의 시점으로 현 시점을 곱씹었다. 그러고서는 결말이 뻔한 드라마를 보는 시청자가 할 법한 말을 뱉어냈다. 너 그럴 줄 알았어.

달과 6펜스

가구를 그렇게나 많이 만들었음에도 단 한 점도 포트폴리오에 넣을 생각을 하지 않는다는 사실이 우스웠다. 사진 한 장 남기지 않고 고객에게 보낸 것들이 더 많은 걸 보면 내가 정신적 결벽주의자임이 틀림없었다.

가구가 내가 추구하는 작업에 적합하지 않다는 것을 인정한 뒤 조각과 조형 작업에 매진하고 싶어 선택했던 대학원 전공은 조소였다. 그동안 해왔던 가구 제작은 판재와 판재, 판재와 각재를 이어 붙여 형태를 만드는 방식이었고 그 순서에 길들여진 탓에 하나의 덩어리를 나누고 깎아내며 형상을 찾아내는 조각 과정이 꽤나 어렵게 느껴졌다. 두어 달을 혼자 끙끙대다 이러다간 대학원 진학은커녕 죽도 밥도 안 되겠다 싶어 기초부터 다시 시작하자고 미술학원을 알아봤다. 운 좋게 입학한들 조소에 대한 기본기가 없으면 고생할 것도 다분했다.

하루도 빠지지 않고 화구통을 메고 걸었던 길을 20년 만에 다시 걷는 건 타임머신을 타고 과거도 현재도 아닌 시점에 불시착한 기분이었다. 거리의 많은 상점이 바뀌었지만, 미술학원 가기 전 들르던 흑미김밥집은 그 자리를 지키고 있었다. 20년 전에는 눈길도 주지 않았던 간판이 눈에 들어왔다. 촌스러운 주황색 간판에는 착 달라붙는 원피스처럼 김을 휘감고 있는 백미김밥이 접시 위에 누워 있고 원조 흑미김밥, 김밥 천 냥이라고 쓰여 있었다. 녹색 밑바탕을 깔아 원조를 강조할 만큼 흑미김밥에 대한 자부심은 있지만 간판에는 백미김밥을 그려 넣은 사장님이나, 여태 많은 가구를 만들었지만 배운 적도 없는 목조각으로 포트폴리오를 채우는 나나, 각자의 모순을 안고 잘만 살아간다는 게 어쩐지 능청스럽게 느껴졌다. 모순 몇 개쯤 안고 사는 삶도 그런대로 좋다는 생각이 들었다. 확실히 자기 안에 있는 모순을 드러내면서부터 모순에서 자유로워지는 법이다.

김밥이 천 원이던 시절부터 미대 지망생들의 끼니를 책임졌던 김밥집 사장님의 쌀쌀맞은 표정도 여전했는데 가게 유리창에 비치는 모습에 그냥 지나칠 수가 없었다. (나 혼자만 느끼는) 친근함으로 가게 문을 열고 들어가 원조 흑미김밥 한 줄을 주문했다. 까칠한 사장님이 김밥을 말고 있는 뒷모습을 가까이서 쳐다보니 불시착한 세상에서 느꼈던 이질감이 사그라들었다. 정강이 밑까지 내려오는 앞치마를 하고 양쪽 팔에 토시를 낀 학생들이 옹기종기 모여 입시 스트레스를 풀어냈다. '나도 그랬는데.' '맞아, 맞아.' 속으로 몇 번씩 맞장구를 치며 김밥을 먹는데 명치가 딱딱해지며 콕콕 찌르는 통증을 느꼈다. 실타래처럼 뒤엉킨 여러 개의 삶이 고집스럽게 한 방향으로 나를 끌어당기고 있었다. 대체 나는 무엇을 보고 무엇을 향해 가는 걸까. 그 시절 내가 있던 자리에 앉아 한때는 나이기도 했던 무리에 둘러싸여서 결국 돌고 돌아 다시 똑같은 곳에서 꿈을 좇고 있었다.

학원 선생님과 담임선생님의 조언을 따르지 않았더라면 어땠을까. 산업디자인과에 가지 않고 도자공예과를 갔더라면 흙을 빚고 가마에 구우며 나의 심상을 마음껏 풀어냈을까. 환경조형학과를 갔더라면 굳이 일본까지 건너가 유리를 배워 오는 수고는 하지 않았겠지. 동기와 스승과 인맥이 있으니 그만두지 않고 오래 했을까 하는 '만약에' 망상은 내 처지를 조금 비참하게 했다. 원망이나 신세타령은 아니었다. 아무도 나를 떠밀지 않았고 선택은 내가 했다. 다만 자신의 기질을 알기에는 너무 어렸고 하필 세 갈래로 나뉜 인생의 갈림길이 그때 주어졌으며 내 선택으로 바뀌는 미래의 크기를 상상하기에는 세상 무지한, 그저 그림 그리기를 좋아했던 소녀였던 것. 그게 속상했다.

조소 학원에서 교복 입은 입시생들과 뒤섞여 흙을 만지며 양감을 익히고 작업실에 돌아와 같은 형상으로 나무를 깎는 걸 반복하니 고새 또 1년이 흘렀다. 대학원 원서 접수일을 일주일 앞둔 날이었다. 포트폴리오에 넣을 작품 사진을 선정하고 출력하려 인터넷 사이트를 여기저기 뒤적거렸다. 우연히 무형문화재 목조각장에게 도제 방식으로 기술을 전수받는 교육생을 모집한다는 공고를 봤다. 대체 어떤 경로로 보게 된 건지 나로서도 궁금한데, 추정컨대 포트폴리오 출력→조소과 포트폴리오→조형 포트폴리오→조형작업물→Wood sculpture목조각→목조각 순으로 검색하던 의식의 흐름이지 않았을까 싶다. 공고는 흑미김밥집에서 찌질한 망상을 하며 조소 학원을 들락거린 지 넉 달쯤 됐을 무렵에 올라온 것이었다. 10개월 전 모집 공고를 보고 눈이 번뜩였고 마른침이 꼴깍 넘어갔다. 놓쳐서는 안 된다는 직감에 냉큼 공고문 아래 쓰여 있는 번호로 전화를 걸었다. 짧은 신호음이 울리는 동안 제발, 제발, 제발을 스무 번쯤 읊은 것 같다. 이듬해에도 비슷한 시기에 모집할 예정이며 지망하시는 목조각 분야는 올해 경쟁률이 치열했으니 내년에도 지원자가 많을 것 같다며 포트폴리오와 면접 준비를 잘 하시라는 담당자의 말을 들었다.

헤르만 헤세는 『데미안』을 통해 우연이란 존재하지 않는다고 말했다. 무엇인가 간절했던 사람이 그것을 발견한다면 그건 우연이 아니라 자신이, 소원과 간절함이 그것을 가져온 것이라고. 헤세의 말은 진실이었다. 내 간절함이 가져온 기회였다. 목조각 작업에 매진하겠다는 결심은 대학원 조소과보다 목조각장의 도제 교육에 더 적합했다. 게다가 도제 교육의 2년치 등록금은 내가 모은 대학원 4학기 등록금의 2퍼센트에 불과했다. 대학원 진학을 위해 만들었던 포트폴리오 앞표지를 '목조각 교육생 지원자 함혜주'로 바꿔 끼우고 전주로 달려갔다.

2주가 지났다. 오전에 홈페이지에 올라온다던 합격자 명단을 1분 단위로 새로고침하며 모니터에서 눈을 못 뗐다. 기다림은 도통 익숙해지지 않는다. 얄궂게도 시간은 간절한 사람한테 더 천천히, 느슨하게 흘렀다. 담당자가 출근하고 커피 한 잔을 마시고 급한 업무나 회의를 할 걸 감안하면 어림잡아 10시는 되어야 공고가 올라올 텐데 9시부터 홈페이지에 들어가 이러고 있으니 내 꼴은 똥 마려운 강아지보다 더 쩔쩔맸을 것이다.

9시 58분. 시시포스의 삶이 끝났다. 오롯이 작업에 빠져 환희와 고통을 느끼며 자신을 시험할 수 있는 찰스 스트릭랜드의 삶이 마침내 문을 열었다.

좋은 물건과 좋은 관계를 맺는 삶

사물을 만드는 사람

디자이너를 겸하는 제작자에게 생산방식의 환경성, 사용자를 위한 기능성, 조형의 심미성은 우열을 가릴 수 없는 절대 기준이다. 거기에 사람, 공간, 문화 등 대상을 이해하는 인문학적 밑그림이 따라야 한다는 것에 이견은 없을 것이다.

사람들은 자신의 목적과 의사에 따라 사물을 능동적으로 활용한다고 생각하지만, 사물에 의해서 의식과 행동이 바뀐다는 점은 잘 알지 못한다. 사물이 사람에게 행사하는 영향력이 훨씬 더 큰 이 시대는 인간이 사물의 지배를 받는 세상이다. 사물을 디자인하고 제작하는 행위에는 사적이거나 공적인 영역에 침투해 타인에게 영향력을 행사하겠다는 의미가 담겨 있다. 그런 이유로 디자이너나 제작자는 좋은 물건을 사람들에게 제안해야 하는 막중한 책임이 있다. 책임은 세상에 있는 좋은 물건과 나쁜 물건을 분별하고 좋은 물건에 대해 고찰하는 것에서부터 시작한다. 그 어떤 디자이너와 제작자도 나쁜 물건의 탄생에 자신의 능력을 보태고 싶지 않을 테니까.

마구잡이식으로 이런저런 생각을 하다 보면 꼬리에 꼬리를 물고 질문이 늘어난다. 좋은 가구란 무엇일까, 좋고 나쁜 건 뭘까, 제작자인 나는 어떤 견해를 가지고 있나 하는 것들.

목가구 정규반 수강생들은 이론 수업을 시작으로 12주간 제시된 도면에 따라 원형 스툴을 만들며 목재의 성질을 이해하고 가구 제작 프로세스를 익힌다. 이후부터는 설계와 모델링 프로그램을 배우고 제작 실습을 하며 기술의 밀도를 높이는 반복 훈련을 한다. 자유 작업의 첫 관문은 자신이 멋지다(좋다)고 생각하는 작품과 디자이너(가구, 건축 등)를 조사해 오는 거였다. 수강생들은 5페이지에서 10페이지 남짓의 PPT를 제작하고 그들을 선택한 이유와 특이 사항, 활동 이력을 추적하며 그들이 어떤 철학을 갖고 작품을 만드는지 발표했다. 수강생들의 관심사와 미감을 확인하는 동시에 수강생에게는 자신이 생각하는 멋진(좋은) 물건의 정체를 공부해보게 하려는 의도였다. 그리고 '한 개 이상의 가구를 디자인하고 스케치해 오세요'라고 과제를 내주었다. 대체로 만들고 싶은 테이블, 의자, 수납장 같은 품목을 먼저 정했고 핀터레스트나 구글, SNS에서 테이블, 의자, 수납장을 검색하며 참고자료를 수집했다. 그리고 자기 취향껏 기존 형태를 재단하고 오리고 붙여서 스케치를 해 왔다.

대부분 본인이 멋지다(좋다)고 느끼는 작품을 디자이너, 제작자의 시선으로 관찰하지 않았고, 소비자의 시선에서 자신의 첫 가구를 구상했다. 디자인에 대한 베이스가 없으니 당연한 결과지만 디자인을 비단 외형을 변화시키는 장식의 개념으로만 해석한다는 점이 아쉬웠다. 물론 과제는 머릿속으로 구상하고 있는 것을 시행착오 없이 실물로 구현하는 목수의 기술력을 키우기 위함이지 디자인 사고력을 키우기 위한 것은 아니었다. 수강생들의 첫 가구는 몇 번의 피드백을 거쳐 설계를 완성하고 수개월 내에 실물로 만들어졌다. 그것은 구상부터 완성까지, 시작과 끝을 체험하는 대상으로서의 사물이었고 개인에게 만족감을 주는 가구였다. '좋은 물건'을 논하기에는 아직 일렀고 머지않아 스스로 묻게 될 것이었다.

목공과 디자인은 사물의 기능과 형태의 미를 탐구한다는 점은 같지만, 엄밀히 구분하자면 목공은 제작자의 일이고 디자인은 기획자의 일이라고 할 수 있다. 모든 목수가 가구 디자이너가 아님에도 불구하고 둘을 겸하는 능력자들이 세상의 이목을 끌고 대중의 눈에 쉽게 띈 덕에 '목수는 가구 디자이너'라는 오해가 생겨났다. 목공과 디자인에 대한 명확한 정의 없이 내가 디자인한 (원하는) 가구를 직접 만들겠다는 수요가 늘었다. 자기애적 욕구가 취미일 때는 설계가 디자인을 대신할 수 있다. 공급과 수요가 자신 혹은 주변 인물에 국한되기에 고민할 게 딱히 없다. 반면 내가 디자인한 가구를 손수 제작해 다수의 타인에게 제안하고 판매하는 직업을 목표로 한다면, 디자인은 다른 차원에서 접근해야 한다고 생각했다.

우선 자신의 위치가 생산자로 전이되는 것이므로 사물에 대한 자신의 견해를 갖고 삶의 다양한 정황들을 해석하며 세상과 상호작용을 해야 한다. 제작자의 정신과 기술에 가치를 두는 공예적 관점인지, 생산과 효율을 중시하는 산업적 관점인지, 취향과 가격을 중시하는 소비적 관점인지에 따라 사물에 대한 디자인 접근법과 제작 방식이 완전히 달라질 테니 말이다.

디자인의 단골 소재인 한국적인 디자인으로 가구를 만드는 시도를 종종 봐왔다. 예전에 그런 가구를 만들겠다며 도전장을 내민 수강생이 있었다. 매력적이면서도 어려운 주제였기에 수강생의 작업 과정을 흥미롭게 지켜본 기억이 있다. 일반적으로 떠올리는 한국적인 것은 전통의 조형 요소에서 비롯된다. 그 수강생은 현대까지 살아남아 인식하기 쉬운 대표적 전통 건축물인 한옥 양식에서 즉흥적으로 힌트를 얻어 노트와 펜을 꺼냈다. 그는 자신의 직관을 믿고 기와지붕의 처마 곡선을 조형 요소로 착안해 남들과 다른, 창의적인 디자인을 뽑아내고자 열중했다. 그러나 여러 장 스케치를 하고서도 석연치 않은지 수정을 반복했고, 그의 노력에 비해 스케치는 한정적인 범위에 안에서 맴돌았다. 나에게도 해답은 없었다. 이럴 때는 과감히 출발점으로 돌아가는 게 좋다. 하지만 처음부터 다시 고민하자 말하면 수강생은 자신의 노력을 헛되이 하는 (절대 헛된 것이 아닌데도) 판단에 기겁하거나 본인이 애써 구상한 것을 무시한다고 크나큰 오해를 할 테니 주말에 절이나 한옥마을에 다녀와보라 권유하고 수업을 마쳤다. 처마에서 오는 인상을 정서적으로 감각하기를 바랐다.

그가 국어사전에서 한국적인 것의 정의를 찾아보았다면, 기관의 연구 보고서나 논문이라도 읽어봤더라면 도움이 되었을 텐데⋯⋯. 서둘러 그의 메일로 여러 참고 자료를 보냈다.

수강생은 한옥마을에는 갈 시간이 없었다며, 보내준 자료가 도움이 많이 됐다고 말했다. 최종본 스케치는 이전 것보다 멋스러운 태가 났지만, 그가 원했던 한국적인 가치를 심었는지는 잘 모르겠다. 사실 이론에서 얻은 단편적인 지식만으로 디자인을 할 수는 없다. 디자인적 사고와 별개로 자연, 예술작품, 좋은 사물을 많이 접하며 사유하고 안목을 키워야만 심상, 정서, 미감과 같은 비가시적 언어를 구사할 수 있기 때문이다. 물론, 태생적으로 타고난 사람도 있지만 말이다. 직관을 좋아하지만 맹신하지 않는 이유는 내가 태생적으로 그런 자질을 타고난 사람도 아닐뿐더러 디자인에서 직관성은 소비자의 몫이라고 생각하기 때문이다. 내 생각에 디자이너는 추론과 논증을 통해 조형화된 실증을 도출하고 정서나 미감 같은 비가시적인 언어를 직관적인 결과로 제안하는 사람이며, 목수는 뛰어난 심미안과 기술로 디자이너의 제안을 아름답게 물질화하는 사람이다. 이 둘을 다 하는 사람이 앞서 말한 능력자들이다.

건축가 루이스 설리번이 말한 "형태는 기능을 따른다 Form Follows Function"는 바우하우스[*]가 주장한 기능 중심 디자인의 모토가 되는 이념으로 산업화 시대를 지나 지금까지도 디자이너들이 널리 적용하고 다양하게 해석해왔다. 100년이나 된 개념이면서도 모더니즘 디자인사를 대표하는 슬로건이지만 곧이곧대로 해석하는 것은 유의해야 한다. 형태를 기능에 맞추는 기능주의적 시각을 고수한다면 가구는 새로운 디자인을 제시할 수 없다. 결국, 이전의 답습이자 재현의 산물에 그치고 말 것이다. 시대는 변하고 디자인은 끝없이 재정의된다.

문제는 가구가 숟가락처럼 이미 오래전부터 고정적 형상을 유지하는 사물이라는 점이다. 고대이집트 헤테프헤레스 여왕 무덤에서 출토된 의자와 알레산드로 멘디니의 '프루스트 의자'에는 공통적으로 네 개의 다리와 좌판, 등받이라는 불변의 구조가 있다. 가구는 디자인 사조와 시대를 막론하고 인체에 의존하는 도구다. 지난 반세기 동안 기술 발달에 따라 기능을 보존하며 형태가 달라진 사물들과 비교해보더라도 금방 알 수 있다. 사람 목이 기린 목처럼 길어지거나 고무줄처럼 팔다리가 늘고 줄어드는 인체의 돌연변이급 변화가 있지 않다면 가구라는 사물의 원형은 변하지 않는다.

가구 디자인의 원류가 인간의 신체적 안락과 편리에 있다는 절대 불변의 원칙과 형태는 기능을 따른다는 산업사회의 디자인 이념은 근현대 가구 디자이너에게 제약으로 다가왔다. 소변기와 자전거 바퀴가 개념미술이 된 이후, 그 어떤 때보다 표현의 자유와 다양성이 존중받는 시대가 도래했고 디자이너와 제작자는 활동 폭을 넓히며 가구도 예술처럼 창작자의 의도가 담긴 표현의 수단, 감상의 오브제로서 기능할 수 있음을 주장했다. 소재를 달리하고 창의적인 표현 기법을 연구하고 개성, 철학, 사상을 가구에 녹여내며 새로운 디자인을 시도했다. 마침내 기능이 형태를 따르는 단계에 이르면서 가구는 이전의 형식을 탈피했다. 그러나 그 부작용으로 다양성과 난해성이 어수선하게 혼재한 디자인 범람의 사회를 맞이했다.

루이스 설리번의 유명한 경구 앞에는 숨겨진 말이 있다. "자연에서 형태는 동물, 나무, 새, 물고기가 가진 내면의 생명, 타고난 본질을 표현한다. 그 형태는 특징적이고 구별하기 쉬워서 간단히 '자연스럽다'고 말할 수 있다. (…) 날아가는 독수리, 활짝 핀 사과꽃, 열심히 일하는 일꾼, 한가로운 백조, 가지를 뻗은 참나무, 굽이치는 시냇물, 떠도는 구름, 흘러가는 태양 어느 것이든 형태는 언제나 기능을 따른다Form ever follows function. 이것은 법칙이다."[▲]

20세기 기능주의자들이 집단의 의견을 개진하면서 루

[▲]   Louis Sullivan, "The tall office building artistically considered," 1896.

이스 설리번의 말을 뚝 잘라 인용하는 바람에 많은 논쟁과 오해를 낳았지만, 그의 말은 기능과 형태의 우위를 논하는 것이 아니었다.

디자인 범람의 시대를 살아가며 다양한 가구를 보고 쓰고 만들고, 만들기를 도우면서 사물에 대한 나의 견해도 차츰 정리되었다. 좋은 사물은 자연스럽다. 자연스러움은 기능과 형태의 조화이고 사람, 공간, 문화 등 대상과 사물의 어울림이다. 기능과 형태가 조화롭고 대상과 잘 어울리는 사물은 오랜 시간 세상에 머물며 사랑받는다. 사물을 디자인하고 제작하는 일은 사람과 삶을 이해하는 정신의 편력을 물질로 이행시키는 행위이다. 때문에, 좋은 가구는 사람을 따른다고 생각한다.

좋은 사물에 깃들어 있는 것

몇 달간 딱딱한 이론과 실습이 이어지니, 아이디어 단계부터 사고 흐름이 경직되는 게 느껴지는 수강생이 있었다. 긴장을 덜고 유연하게 가구에 접근하기를 바라는 마음에 넌지시 이런 이야기들을 던졌다.

"좋아하는 인물이 있어요? 윤동주나, 신사임당이나 아니면 뭐 어린 왕자나…… 뭐 아무튼 그 사람을 위한 가구를 만든다고 가정해보세요. 잠이 안 오는 날 있잖아요. 그냥 눈 감고 아무렇게나 상상해보세요. 덕혜옹주가 앉았을 일본 황실 의자가 금장을 둘렀다 한들 그녀에게 편했을까요. 어린 동생을 위해 영친왕이 의자를 만들어달라 부탁했다면 목수는 어떤 의자를 만들었을까요."

정말로 영친왕이 덕혜옹주에게 의자를 선물했다면 의자 다리가 두껍든 얇든, 팔걸이가 있든 없든 덕혜옹주에게 그 의자는 분명 좋은 가구가 되었을 것이다. 등받이에 동전만 하게 새겨진 오얏꽃 문양을 닳도록 쓰다듬으며 고국에 대한 향수를 달래고 의자에 앉을 때마다 오빠의 마음을 느끼며 위로받았을지도 모른다. 쓰는 사람에게 있어 가구의 재료나 비율, 미학적 가치가 중요할까. 가구에 입힌 형태나 기능은 껍데기가 아닐까. 가구는 그저 일상 속에 놓여 삶을 공유하는 사물에 불과한 것이고 잘 다듬어진 사물의 외형이 아니라 쓰는 사람의 정신 속에서 가치가 정해진다는 생각이 들었다.

좋은 가구를 판단하는 기준은 주관적이다. 누군가에게는 최상급 원목이라는 재료가, 누군가에게는 한스 베그네르의 디자인이, 누군가에게 이케아의 실용성이 기준이 될 것이다. 내게 좋은 가구는 삶이 깃든 것이다. 화려한 것과 단정한 것, 새 것과 낡은 것, 비싼 것과 저렴한 것과 별개로 쓰는 사람을 닮아가고 삶이 녹아 있는 것들. 대대로 물려받은 서안▲일 수 있고 결혼할 때 사서 30년째 쓰는 낡은 장롱일 수 있다. 나에게는 목공을 시작하며 난생처음 만들었던 엉성한 바 스툴이 그러하다. 시행착오의 결정체인 스툴을 지금도 작업실에서 요긴하게 쓰고 있는데 좌판 모서리에 엉덩이가 걸려 오래 앉아 있으면 불편하다. 여기저기 틈을 메꾼 흔적이 적나라하게 드러나 있고, 쓰던 세월만큼 때가 타서 깔끔하지 못하다. 그러나 미흡한 만듦새와 상관없이 나와 함께 작업실을 지키며 쌓인 사연이 가득하여서 과거 한 시절부터 쭉 품고 있는 삶의 온기가 있다. 쓰기 좋게 만들라 하면 얼마든지 그럴 수 있겠지만, 바 스툴을 대체할 것을 만들 생각이 들지도 않고 불편하면 불편한 대로 사용하고 싶다. 부서지면 고쳐 쓰고 닳고 해지면 그마저도 정감이 갈 것 같다. 물건에 깃든 온기에는 쓰는 사람의 생활 습관과 모습이 고스란히 축적되어 있다. 아무리 사소하다 할지언정 그만의 이야기가 있기 마련이고 나는 그런 가구가 좋다.

건축가 페터 춤토르의 말을 빌려본다. 가구는 건축의 작은 표본이라고 하니, 페터 춤토르의 말을 먼저 읽고 건축을 가구 혹은 사물이란 단어로 바꿔 다시 읽어보면 좋겠다.

▲   책을 얹던 옛 책상.

내가 생각하는 좋은 건물이란 인간의 삶의 흔적들을 흡수하고 고유의 풍성함을 나타내는 것이기 때문이다. 자재에 나타나는 세월의 흔적, 표면의 무수한 흠집, 광택이 사라진 표면, 뭉툭해진 모서리가 떠오른다. 그러나 눈을 감고 이런 물리적 흔적과 그 흔적을 처음 접했을 때의 느낌을 잊으려고 하면 전혀 다른 인상, 더욱 깊은 감정이 남는다. 흘러간 시간에 대한 인식, 그 공간과 방에 있었던 삶에 대한 자각, 그 공간이 지닌 특별한 분위기가 남는다. 이런 순간에 건축의 미학적, 실용적 가치, 양식적 역사적 의미는 중요하지 않다. (…) 건축은 삶에 노출되어 있다. 건축이라는 몸이 충분히 민감하다면 지난 과거의 현실을 목격한 그대로 보유할 것이다.▲▲

사람의 운명을 따르는 사물

사람은 평생 기능적, 심리적으로 사물에 기대고 의지하며 살아가지만, 연을 맺은 사물의 운명에는 대체로 무관심하다. 가만 보면 지금까지 연을 맺었던 사물들의 최후를 대부

▲▲   페터 춤토르, 『페터 춤토르 건축을 생각하다』, 장택수 옮김, 박창현 감수, 나무생각, 2013, 24쪽.

분 모른 채 살았다.

　인연이 시작되는 순간이 또렷하게 기억나는 사물도 있는데 예닐곱 살에 크리스마스 선물로 받았던 강아지 인형이 그렇다. 크리스마스이브, 나는 설렘과 흥분으로 쉽사리 잠들 수 없었다. 평소라면 잠들었을 시간에 유달리 말똥말똥한 내 눈을 본 부모님은 난감해하셨다. 이부자리에 누웠다가도 문고리에 걸어둔 양말을 산타 할아버지가 보지 못할까 봐 이불을 박차고 일어났다. 양말이 잘 보이도록 고쳐 걸기를 반복하다가 꾀가 나서 "내 양말은 작아서 산타 할아버지가 못 찾을 거야. 선물도 들어갈 수 없어!"라고 말하며 아버지 양말 한 짝으로 바꿔 걸었다. 다음 날 아침, 눈을 뜨자 머리맡에는 어린아이 몸집만 한 큰 강아지 인형이 있었다. 나는 신이 나서 방 안을 방방 뛰어다녔다. 인형은 넓적한 눈두덩이와 팔랑거리는 귀가 짙은 밤색인 점박이였고 털이 없는 비닐 소재에 끌어안으면 솜이 푹 죽어 쪼그라들었다. 인형에 대한 애착은 초등학교에 입학한 후에도 이어졌지만, 엄마가 솜이 터진 귀를 꿰매준 기억을 끝으로 언제 어디서 내 곁을 떠났는지 행방이 묘연하다.

　학창 시절 보물 1호였던 CD 플레이어와 전자사전도 어떻게 내 곁을 떠났는지 기억나지 않고, 처음 자취방을 얻을 때 샀던 침대는 디자인도 색깔도 잊어버렸다. 강아지 인형처럼 사건이 주는 자극의 힘으로 기억을 유지하는 사물들은 그나마 긴 시간 나의 삶과 함께했지만, 일상을 공유했던 사소한 사물들은 낡음과 쓸모없음을 기준으로 버려졌고 눈앞에서 없어지니 자연스레 잊혔다. 기억의 편린에서조차 사라진 사물은 또 얼마나 많을까.

몇 달 전, 목공기계 하나를 떠나보냈다. 목선반이라는 기계인데 주로 그릇과 봉을 가공할 때 쓰인다. 대만이 원산지인 목선반은 바다를 건너 인천항으로 들어와 나의 작업실에서 6년을 보낸 뒤 남쪽 섬으로 갔다. 새 주인의 손길을 듬뿍 받으며 쓰임을 다하길 바라면서도 언젠가 또다시 미지의 장소로 옮겨 가게 되려나 하는 생각이 들었다. '그 녀석은 어떻게 됐을까.' 읊조리며 연락 닿을 길 없는 옛 친구의 삶을 막연히 궁금해하는 것과 결이 비슷했다.

나로 인해 화물선을 두 번이나 탄 목선반과는 달리 한 장소에서 오랜 시간 머무는 물건도 있다. 애장품이나 수집품이 그러한데 운동화, 그림, 피규어, 텀블러 등 취향에 따라 품목도 다양하다. 이런 목적으로 간택받은 물건은 가치라는 왕관을 쓰고 사람에게 모셔지는 운명이라고 할 수 있다. 다른 예로는 선조들이 일상에서 사용했던 사물들이 있는데, 대한민국의 소중한 문화재가 되었다. 국립중앙박물관이나 민속박물관 등 전시실에서 문화유산의 운명이 되어 보존되고 있다. 그중엔 아픈 운명도 있다. '오구라 컬렉션'이 대표적인데 일본인 오구라 다케노스케가 일제강점기 때 불법적인 방식으로 수집한 한국 문화재 1,100여 점이다. 다행히 일부는 되찾아왔지만 수백 년간 대한민국 땅에 있었던 우리의 유산 가야의 창녕 금동관모는 끝내 돌아오지 못하고 일본 국보로 지정됐다. 미니멀 라이프라 일컫는 삶의 형태가 유행이었을 때도 많은 사물의 운명이 달라졌다. 중고 거래로 팔려 하루아침에 다른 집에 놓이기도 하고, 기부를 통해 쓸모를 되찾기도 했다. 재활용품으로 분류되어 완전히 다른 사물이 되기도 했다.

특별한 계기가 아니어도 사람에 의해 사물의 운명이 결정되는 순간은 많다. 대청소할 때, 이삿짐을 쌀 때, 손길은커녕 눈길 한번 닿지 않았던 사물과 마주친다. 분명 언젠가 자신이 삶에 끌어들인 사물이다. 이 사물을 처분할 것인가, 보관할 것인가 고민에 빠질 때 사람들이 염두에 두는 것은 딱 두 가지다. 사물의 쓸모이거나 사물에 깃든 추억이거나.

사물에도 운명이 있다. 같은 곳에서 만들어지고 똑같은 형태와 기능을 하고 있어도 누구와 관계를 맺는가, 어떤 시대 상황에 놓이는가에 따라 사물의 운명이 달라진다. 사람의 운명을 따르는 사물들이 사람의 삶을 구성하고 있다고 느낀 뒤로 일상의 사물 속에 나의 이야기를 포개며 적극적으로 삶을 공유하기로 했다. 그것이 사물과 좋은 관계를 맺는 삶이라는 생각이 들어서였다. 사물의 운명이 내 삶의 궤도를 따라오고 있다면 갖가지 사연이 담긴 사물들은 얼마나 애틋할는지. 그런 사물들과 함께라면 평범한 날들도 충만한 감각으로 채울 수 있지 않을까, 그런 생각이 든다.

정신과 시간의 방

지금도 이 믿음엔 변함이 없다. 나를 배신하지 않을 나에 대한 믿음. 그 믿음을 배신하지 않고 살기 위해 애쓴 과거라는 증거. 앞으로도 그러리라는 나에 대한 신뢰. 그렇게 얻은 현재라는 산물 속에 내가 존재한다.

그러나 오늘 아침 어둠이 빽빽하게 들어찬 작업실의 문을 열고 불을 켰을 때 보았던 현재는 달랐다. 내 손길이 닿아 때가 탄 공구들이 놓인 각자의 위치, 낙엽이 뒹구는 거리처럼 미처 다 쓸지 못한 나뭇조각이 뒹구는 작업대, 엄마가 달고 맛있다 극찬하며 장난스럽게 쌓아 올린 3층 귤 탑, 그 아래 언제 깎았는지 모를 호두나무 접시, '작업만이 살길이다' '대박 나서 건물 사라' 같은 낙서가 있는 (필체마저도 명확해서 누가 썼는지도 기억나는) 화이트보드는 어제도 있었고 일주

110

일 전에도 있었다. 갑작스러운 빛의 산란에 홍채가 동공을 수축시켜 생긴 생물학적 감각이 아니었다. 수정체에 맺힌 물질은 변함이 없었다. 나와 동떨어진 다른 세계에서 내 작업실과 똑같이 생긴 공간을 보고 있는 듯한 익숙하고도 낯선 느낌. 그로 인해 생겨난 어지러운 변화를 감지한 것이었다. 어제의 잔상이 미처 소화하지 못해 생긴 체기처럼 무겁게 눈가에 맺혔다.

현실과 이상의 괴리가 더는 고통스럽지 않고 무뎌지는 것 같아 비애를 느끼는 순간도 비일비재했다. 그럴 때마다 작업실은 언제든 꽁꽁 숨어버릴 수 있는 달팽이 집이었고 조선시대 중죄인을 유배 보냈던 것처럼 자신을 가두는 위리안치가 되어주었다. 시계 초침만 째깍째깍 소리를 내며 질서 있게 움직이는 고요한 작업실에 한 발짝을 들여놓기가 버거웠지만 여기 말고 달리 갈 곳도 가고 싶은 곳도 없었으므로 한 발 한 발 내디디며 천천히 공간 속으로 흡수되었다.

현실과 이상의 괴리를 담담히 품에 안고 고요히 나무를 깎았다. 조각은 침묵 속에서 이루어지는 작업이지만, 이를 통해 말하는 행위이기도 하다. 가시적인 물질세계에서 엉덩이 무겁게 앉아 있으니 심혈을 기울이며 작업에 몰두하는 것처럼 보일 테지만, 나만이 볼 수 있는 내밀한 정신세계에서는 헐벗은 자신을 쉼 없이 깎아내는 중이었다. 자신의 삶에 진실했는가에 대한, 운명 앞에 당당했는가에 대한, 나로서 충실하게 존재했는가에 대한 자기검열이었다. 덜어냄으로써 드러내는 조각은, 알맹이를 꺼내기 위해 무수한 칼질로 재료의 살을 덜어내고 다듬는 과정을 반복한다. 일말의 망설임도 없이 생에 자신을 제물로 바치는 헌신은 나무에 투사되었고, 내가 나로 살기 위해 나를 덜어내며 나다운 생을 드러내려는 노력이 조각의 작업 방식과 흡사하다고 느꼈다.

살아가는 방식이 작업 방식과 일치하니 조각은 나의 기질과 가장 잘 맞는 작업이었고, 재미난 고통이자 비명 같은 환호였다. 일이 있든 없든, 시간에 쫓기거나 누군가가 재촉하지 않는데도 계속 깎았다. 자발적으로 주도하는 것 같지만, 어떤 면에서는 내가 일방적으로 작업에 의지하고 있는 꼴이었다. 그만큼 이 일은 나와 밀착되어 있었다. 작업하고 있던 느티나무 가까이 조명을 비춰 빛과 그림자를 입혀봤다. 눈으로 한번, 손끝으로 매만지며 한번. 양감을 관찰하고 다시 스케치를 하고 다시 깎고 다듬으며 미묘한 덩어리를 단칼에 지웠다. 마치 복잡한 속내를 바르게 정돈하듯이.

투명하게 나 자신으로 살아가겠다는 다짐은, 호모이코노미쿠스Homo Economicus가 지배하는 세상에서 쓸모없는 헛소리이거나 파랑새증후군을 앓는 자의 철없는 소리 취급을 받았다. 반기 한번 들지 못하고 굴복한 나는 자조 섞인 일기만 주절주절 쓰며 품었던 앙심을 뱉어내곤 했다.

지우려 할수록 선명해진다. 그게 진짜 모습일까. 그렇다면 이제껏 자신을 어디에 가둬두고 있는 건지. 얼마나 더 오늘을 팔아넘기고 환상을 도적질하며 완성된 미래를 갈망해야만 바보짓이란 걸 깨닫게 될까. 언제까지 그림자를 뒤따르는 그림자로만 살 건지. 단 하나의 생은 진작 나를 두고 흘러가고 있는데.

―2008년 11월 19일

무엇을 원하는지 모르겠다. 원하는 것을 삶에 들여놓는다 해도 기쁘지 않으니. 원함이 거짓인지, 감정의 메마름인지, 갈망에 그칠 것이었는지 모르겠다. 나는 달려왔지만 정지했던 시간보다 더 멀리 후퇴하고 있다. 무엇을 원하는지 모르겠다는 건, 그러니까 인생 속에 자기 자신이 충실하게 존재하느냐의 문제로 이어진다.

―2010년 4월 4일

그렇게나 발버둥을 쳤고 이렇게나 노력하고 있다. 이제는 알고 있다고 믿는, 그래서 절대로 알 수 없는 무엇을 위해서. 한 해를 살면 한 해만큼 무게를 더하는 삶은 내게서 아주 소중한 것과 보잘것없는 것까지 모두 같은 이름으로 만들어버린다. 그것도 아주 매몰차게. 단 한 번에. 혈관 한 가닥 한 가닥 살아 있는 피가 돌던, 사랑에 대해 앓고 진짜 가치를 위해 다른 모든 가치를 버렸던 녹록하지 않던 밤도 정처 없이 길을 떠나서는 시선 둘 곳 몰라 양 발목을 붙잡힌다. 벗겨내려 애쓰지만 도통 힘을 낼 수가 없다. 기질이란 건 만만한 적이 아니다. 살아보자고 말하는 책들과 영화 대사들과 음악들과 그대들의 응원을 믿고 투쟁의 시대와 억압의 시대와 법의 시대와 종교의 시대와 자본의 시대와 껍질의 시대를 지나 살아보겠다고 한 짓이라는 개인의 역사를 지나 어디에 와 있는가, 나는.

—2011년 9월 16일

며칠 전, 나는 내부에서 미미하지만 확실하게 변화가 일어나는 것을 목격했다. 자칫하면 인식할 수 없으리만치 잠든 모습으로 나의 생을 내일로 떠미는 존재. 기대할 내일이 없다는 걸 알고 무너지는 순간에서조차 본능적으로 삶을 갈망하는 욕구. 나는 살기를, 더 선명하게 살아가기를 갈망하고 있었다. 그러나, 실체도 없이 우리를 야박하게 떠미는 불안과 결핍의 요소들이 마음에 일말의 여유도 남겨두지 않고 앗아가는 것을 떠올리면 이 미미한 내부의 변화를 좀 더 분명한 형태로 이끌어나갈 수 있는가에 대해서는 적잖이 두려워진다. 미약하지만 아름다운 저항이라든가, 비참하지만 아름다운 외침이라든가 하는 것이 내가 살고 있는 세상에서 얼마나 말도 안 되는 사치인가를 깨달을 뿐이다.

—2014년 7월 17일

희망이 없다는 말은 영혼이 망가진다는 말과 같다. 담대하고 굳건하게 밀고 나아가리라 했던 섣부른 다짐은 쉽게 주저앉고, 남모르게 숨겨놓고 홀로 앉아 가슴팍만 치며 새벽녘 외풍처럼 서늘하게 토로를 하면 무엇 하겠나. 갈망이 절망으로, 절망이 다시 갈망으로 변하고 한 줌 놓지 못한 자존심은 좌절이 된다. 어둡고 침침한 내면을 다시 마주 보기로 한들 나아질까. 모르겠다. 그래서 음악을 듣지 않고, 그래서 영화를 멀리하고, 그래서 글을 쓰지 않고, 그래서 돌아보지 않고, 그래서 다듬어 품지 않고, 내 이만큼 도망쳐 왔다고 우스갯소리로 말하는 얼굴에 부끄러움이 없어 부끄럽다. 잘 마른 대지 위에 두고 꽃처럼 피어나 환하게 예뻐지기를, 너의 눈에도, 너의 눈에도, 너의 눈에도, 너의 눈에도, 너의 눈에도, 너의 눈에도 예뻐 보이기를 바랐던, 다른 얼굴과 다른 언어로 어울리고 싶었던. 그래서 나를 도망

쳤던 내가, 이제 와 나를 다시 찾는다.

—2019년 12월 16일

    나의 아포리아와 결별하기로 작심한 후에 나무로 내 손을 깎았다. 그것은 손이 도구인 나무 작업자에게 바치는 염원이자 애도, 앞으로 다가올 생에 대한 의지의 표현이었다. 나무 한 덩이를 들어 되는 대로 톱으로 썰고 날을 밀어 넣기를 반복하며 다섯 시간 내리 아무런 생각을 하지 않고 그 자리에 앉아 나무를 깎다가 손등 뼈가 얼얼하게 저려와 작업을 멈췄다. 내 손과 닮은 목물을 빤히 바라봤고 본능적으로 알았다. "이거구나. 내가 찾던 일이." 불현듯 이런 순간을 경험했었다는 게 떠올랐다. 몸의 기억이었다. 10분 만에 잠자리 한 마리를 채색과 묘사까지 해야 했는데 연필을 들었는지 붓을 들었는지 색연필을 들었는지 지우개를 들었는지도 몰랐다. 제한 시간이 끝났음을 알리는 맑은 종소리가 들리고 나서야 그리기를 멈췄다. 동기들과 함께 미술학원 바닥에 일렬로 그림을 깔고 내 앞에 놓인 고추잠자리를 내려다봤다. 대체 어떻게 그린 건지 아무 기억이 없었다. 인지의 영역에 '나'라는 존재가 들어설 틈도 없이 그림 그리는 데 빠져 있던 것이다. 미술 선생님은 내 그림에 A+ 점수를 주고 칭찬했지만 아무래도 상관없었다. 그저 그 순간 맛봤던 몰입의 황홀경에 놀라 어안이 벙벙했었다. 조각도를 잡고서 20여 년의 세월 만에 잊고 있던 감각을 맛본 것이다. 그건, 도취였다. 내가 찾던 일이 이렇게나 가까이 있었다. 잠시 동안 묘한 감동과 흥분이 일었고, 눈물이 살짝 날 것도 같았다. 숲을 해치지 않고 전기보다는 몸의 힘을 쓰고 시각과 촉각을 기준으로 정신을 물질에 옮겨 담는 일. 나를 황홀에 이르게 하는 작업을 내 손에서, 내 손과 꼭 닮은 목물 속에서 찾았다.

예고 없이 찾아온 현실과 이상의 괴리는 평온한 나의 하루를 욕보이지만, 평정심을 유지하는 데 노련해진 나 자신이 사뭇 대견스럽기도 하다. 하지만 다시 온몸을 열어 더 거칠게 불안을 끌어안고 싶은 욕심도 있다. 내 생을 두고 한 약속이 이루어지든 아니든, 나의 쾌락이나 고통과는 무관하게 생은 주어진 대로 째깍째깍 흘러갈 것이다. 나는 생의 타임라인에 개입해 1분도 더하거나 뺄 수 없으니 할 수 있는 건 약속을 지키려는 나의 의지를 다지고, 믿음을 배신하지 않겠다는 자기와의 의리를 지키는 것뿐이다. 내가 나로 사는 것이 가능한 일인가에 대한 의구심은 없다. 그렇게 산 인생이 아니라 그렇게 살아보려는 노력으로 귀결될 인생이어도 충분하고 생각했다. 하지만 스물아홉 번의 밤을 보내며 차오르는 달이 단 하룻밤 동안 완전한 원의 형태로 뿜어내는 환희의 기운처럼, 단 며칠이라도 좋으니 오롯이 물성에만 집중하여 대상을 파고드는 무념무상의 날이 간절해진다.

내부에서 발생하는 충돌과 안착은 결국 균형을 잡을 것이고, 다시 흔들리기를 반복하면서 작업으로 이행될 것이다. 해독되지 않는 암호 같은 내면세계의 무늬들을 조각해내는 일. 작업이나 더 해야겠다. 내 상념들을 꽃피우며.

사물을 빚고, 만드는 삶

작업실의 각종 시설과 집기도 그렇지만, 집 안에 있는 대부분의 가구와 소품을 내 손으로 만들었다. TV장, 책상, 의자, 콘솔, 수납장, 화분 선반, 책장, 거실 테이블, 전자레인지 선반, 액자, 쟁반 등. 전부 꼭 필요해서 만들었던 건 아니었다. 연구용으로 제작했던 가구들, 디자인 샘플, 예비 수량으로 만들고 남은 소품들을 가져온 것이라 디자인과 수종이 제각각이다. 참나무 책상, 호두나무 의자, 모듈처럼 조립과 분리가 가능한 선반장, 새끼손가락으로 들 수 있는 의자, 제작 의도와 전혀 다른 용도로 쓰이는 사물들이 작업실 역사가 쌓일수록 집 안에 쌓여갔다. 리빙 디자인 잡지에 나오는 목수의 단정한 살림과는 거리가 먼 나의 집은, 직접 써보며 장단점을 발견하고 다른 아이디어를 얻기 위한 목물 실험실에 가까웠다.

어쨌든 그중에서 가장 마음에 드는 건 높이가 낮은 라운지 흔들의자였다. 흔들의자는 꼭 하나 갖고 싶어서 마음껏 욕심을 부렸다. 기왕이면 물푸레나무로 만든 독서용 탁자와 한 세트 느낌이 났으면 해서 같은 수종을 썼고 등받이 뒤쪽에 책을 읽는 동안 덮을 담요를 걸어둘 바를 달았다. 어깨 폭, 엉덩이 너비, 종아리와 허벅지 길이를 줄자로 재는 성의를 보이며 내 몸이 안락하게 기댈 수 있는 등받이와 좌판 각도를 정하고, 양반다리를 해도 넉넉한 크기로 의자를 설계했다.

관건은 부드러운 반동으로 편안함을 주되 앞으로 쏠리거나 뒤로 넘어지지 않아야 하는 바닥 면의 곡률값이었다. 한 번도 만들어본 적 없는 흔들의자를 설계하느라 머리가 복잡해졌고 정수리에 후끈한 열감이 느껴졌다. 과정이 복잡해지니 더욱 흥미진진해져서 연을 끊고 살았던 수학 공식을 대입할 정도로 열의에 찼다. 최종 도면을 완성하고 이중각 작업 방식과 제작공정을 시뮬레이션하다 보니, 도면을 외우다시피 했다. 다소 까다로운 작업이 될 것을 예상해 긴장감을 안고 기계실에 입실했으나 부재 치수와 가공법이 머릿속에 저절로 그려져 작업은 순조로웠고 구상부터 만들기까지 보름 남짓이 걸렸다.

의자에 앉아 앞뒤로 흔들거리며 책을 읽다 보면 은근히

나른해져 졸음이 왔다. 아무래도 잠이 잘 오는 요람을 만들어버린 것 같다. 2년을 같이 보낸 흔들의자는 남은 반평생 동안에도 나와 함께할 것이고 "젊었을 때 만든 거야" 하며 요긴하게 쓰이겠지. 할머니가 된 내가 이 의자에 앉아 책 몇 페이지 조금 읽다가 꾸벅꾸벅 졸게 될 모습이 빤히 그려진다.

나무를 다루는 사람이 되고 난 후, 분명했던 요구와 취향을 기성품에 끼워 맞춰 타협했던 시절과 작별했다. 소비자와 생산자가 동일 인물이니 예산 내에서 원하는 것을 구체적으로 제시하고 구현할 수 있었다. 온라인 상점과 오프라인 매장을 들락거리며 시간을 허비하지 않아도 생활 습관이나 조건, 취향에 꼭 맞는 사물을 집 안에 들이는 재미난 시절을 맞이했다.

사물을 만드는 즐거움은 노력한 만큼 대가를 얻는 데 있었다. 정성과 시간만 들여 직접 빚어낸 사물들은 언제든 주변에 머물며 즐거움을 주었다. 이 즐거움은 물질에서 오는 만족감만을 뜻하지는 않는다. 원하는 사물을 내 손으로 만들 수 있다는 건 생각을 글로 정리하고, 그림으로 세상을 재해석하고, 타인의 감정에 공감하는 능력처럼 삶을 살아가는 데 긍정적인 힘을 불어넣었다. 비유하자면 온라인게임에서 스킬 업 아이템을 장착하는 셈이다.

오래전, 친구에게 이런 얘기를 한 적이 있었다. 자본주의사회에서 태어났고 앞으로도 쭉 그 안에서 살아가겠지만 한 달에 천만 원을 벌든 80만 원을 벌든 그와 무관하게 내 생활의 질이 달라지지 않길 바란다고. 자본과 물질에 의지하면 삶이 풍요로울 수는 있지만 자유롭지 못하고, 자급자족할 힘을 키운다면 자본이나 물질의 구속 없이 삶이 풍부할 수 있다고. 정말로 그렇게 살아가길 원했다.

야생화가 핀 뜰을 가꾸고 작은 텃밭을 일궈 대파와 상추, 고구마, 당근 같은 채소를 키워 먹고 사다리 타고 올라 집을 고치고 철 지난 옷을 수선해 패브릭 소품을 만들어 쓰는, 그런 삶을 살고 싶었다. 밥 먹는 것, 세수하고 양치하는 것에 성공과 실패의 기준을 두고 경쟁하지 않듯이 그냥 자연스럽게 하면 되는 일을 하고 싶은 만큼, 적당히 괜찮은 정도로, 과하지도 모자라지도 않게 하고 싶었다. 부담 없이 즐길 수 있는 여러 재주를 가지고 일상을 돌보며 삶을 어루만질 수 있다면 인생은 얼마나 풍부할까! (과거에 어른들은 다 그렇게 살았는데 말이다.)

목물을 만드는 기술을 익힌 것은 순전히 조형 작업에 대한 갈증이었고 자급자족의 첫 단추로 끼울 의도는 전혀 없었다. 운이 좋았다고 해야 할까. 아침엔 밥벌이, 점심엔 취미, 저녁엔 꿈을 좇으며 문턱 없이 넘나드니 목물을 빚고 만드는 일은 그냥 자연스럽게 하면 되는 재주가 되어 일상을 다채롭게 채워주고 있다. 자신이 바라고 원하는 대로 묵묵히 신념에 따라 행동하다 보면 잔잔하게 익힌 다른 재주들도 목공처럼 빛을 볼 날이 오지 않을까. 바라건대 물질을 소유하는 삶 말고 시간을 향유하는 삶을 살 수 있기를.

사물을 만드는 자가 그것을 만듦으로 인하여 물질이나 경제적 가치보다 정신적 가치를 우위에 두는 삶을 살아가게 되었다면 믿을 수 있을까. 재화나 물질 획득을 행복의 전제 조건으로 여기는 태도는 물질의 가치를 최우선으로 여기고 물질을 자기 자신과 동일시하는 마음에서 비롯된다. 이런 경향이 높을수록 삶은 물질에 따라 쉽게 좌지우지된다. 반면 스스로가 사물을 구상하고 만드는 태도는 자발적인 참여와 능동적인 창조의 성질을 가지기 때문에 정신적으로 높은 만족감을 주고 자신을 대리하거나 보상의 수단으로 삼는 물질 가치와는 무관하게 자유행위자의 보람이 된다.

목물을 만들 줄 아는 사람이 되었을 때 첫 번째로 느낀 변화는 '사야지'에서 '만들자'로 사물을 대하는 관점이 바뀐 것이었다. 가구를 제작하고 남은 자투리 목재를 모아뒀다가 짬짬이 일상에 필요한 사물들을 깎았다. 크기도 수종도 제각각인 목재를 골라 쓸모를 찾고 인센스 홀더, 접시, 냄비 받침, 현판, 조리 도구를 만들어 직접 쓰기도 하고 지인에게 선물로 주기도 했다. 화폐와 재화를 맞교환하는 익숙한 방법을 쓰지 않고 가능한 한 내가 가진 능력으로 만들어보는 소소한 도전은 재미가 깃든 성취감을 주었고, 이 별것 아닌 도전은 생각지 못했던 방향으로 발전했다. 할 수 있을지 모르는 낯선 경험을 앞두었을 때 '해보자'라고 다짐하는 자세로 성장한 것인데, 예를 하나 꼽자면 첫 작업실 공사했을 때다. 기둥 하나 없이 뻥 뚫린 45평의 공간을 세 군데로 나누어 가벽을 세워야 했는데 도통 엄두가 나질 않아 내장 목수 한 명을 섭외해 속성으로 가벽 세우는 법을 배웠다. 구조목으로 뼈대를 만들어 세우고 방음재를 넣어 석고보드로 마감한 벽에 세로로 창이 난 문짝을 짜서 달았다. 내장 목수 셋이 붙어도 하루 꼬박 해야 할 분량을 나흘에 걸쳐 미련스럽게 해놓고 지칠 대로 지쳐서 혀를 내둘렀다. 하지만 덤비니 못 할 것도 없었다. 할 수 있을지 없을지 몰랐던 일을 내 힘으로 해냈고, 그날부로 가벽 세우기는 '내가 할 수 있는' 영역의 일이 되었다.

매번 다른 고객의 요구와 조건에 맞춰 여러 품목의 가구와 소품을 만들며 제작 방법을 고민하고 스타일을 제안하고 새로운 방식을 시도했던 노력과 경험을 자양분 삼아 무럭무럭 자라난 마음은 '해보자'에서 '할 수 있다'는 믿음으로 진화했다. 그 믿음은 정부와 지자체 사업에 지원할 때, 기획 전시에 출품할 때, 교육기관에서 강의 제안이 들어왔을 때, 목수와 목조각가의 기로에 섰을 때 등 검증받아본 적 없는 능력 밖의 일이라 망설였던 많은 일에서 나를 지탱했다. 해낼 거라는 자기 신뢰, 두려워 말고 열심히 하자는 마음의 굳은 심지는 실질적인 의사 결정과 행동에도 지대한 영향을 끼쳤고 결과적으로 내가 사는 방식, 삶의 태도에 변화를 가져왔다. 나무를 다루며 자잘하게 해왔던 도전이 모여 인생을 주도하는 힘으로 자랐다.

사물을 빚고 만드는 행위는 자신의 의지로 삶을 이끌어가고 있다는 자부심으로 이어졌다. 이것이 사물을 빚고 만드는 삶의 진짜 모습인 것 같다.

나오시마에서 너에게

섬이야. 네가 보고 싶다던 바다를 건너 열 가구도 채 살지 않는 작은 섬에 있어. 내일 아침 이누지마의 제련소에 가는 배를 타기 위해 나오시마의 허름한 민박집에서 하루 묵기로 했어. 6인용 도미토리를 독차지하는 행운을 누리며 상큼한 기분을 덧대 편지를 써.

여긴 온종일 부슬부슬 비가 내린다. 세상이 물기를 머금고 차분해지면 나도 별생각 하지 않고 자전거 페달을 밟게 돼. 어제는 잠이 오질 않아서 밤새 뒤척이다가 눅눅해진 과자 같은 몸을 일으켰어. 새벽녘에 길을 나섰고 태양은 먹구름 사이로 간헐적으로 빛을 냈어. 덕분에 가볍게 땀을 흘리며 단조로운 시골 마을 풍경을 여럿 스쳐 지났어. 사서 고생의 여정은 한국에서부터 계획한 일이야. 몇 해 전에 공간과 본질을 주제로 교수님과 대화를 나누다가 베네세 재단의 아트 섬 프로젝트를 소개받았거든. 내가 일본에 갈 거란 걸 알고 계셨어. 교수님 연구실에서 제련소 사진을 보는데 한순간에 홀려버렸지. 거기를 가면 난해하기만 한 본질에 대해 알 수 있을 것 같더라고. 오롯이 내 힘만으로 그 풍경 속에 나를 집어넣겠다는 발상을 해버린 거야.

동일본 대지진이 있기 전에는 체력 단련 겸 이케부쿠로에 있는 회사에서 지유가오카의 집까지 종종 자전거를 타고 다녔는데 왕복 다섯 시간 정도 걸리는 만만치 않은 거리였어. 구석구석 달리던 길이 익숙해져 머릿속으로 샛길을 그릴 수 있을 무렵, 눈에 익은 동네 곳곳이 지진의 잔상으로 가득해졌지. 온 세상이 흔들리는 지진을 겪었지만 무섭기보다 당혹스러웠어. 왜 하필 내가 머무는 지금이지? 생이 내게 전하려는 메시지가 있는 건가? 생존을 위협당하는 순간에도 정신은 본능을 앞설 수 있을까? 갖가지 질문들이 내 속에서 쏟아졌어. 어딜 가나 전광판에는 '간바레 닛폰'이 가득했지만, 재난을 겪고 있는 나라 분위기에 완전히 동조하지 못했어. 내가 이방인이라서였을까. 그저 낯선 경험을 소화시키느라 바빴어.

계획했던 여행 출발일은 지진이 있던 날로부터 2주 뒤였어. 알고 지냈던 한국인들 대다수가 귀국길에 오르는 동안 나는 여행 가방을 쌌어. 마지막 출근길 전철 안에서 지도책을 보며 지리를 익히고 있는데 제법 규모가 큰 여진이 난 거야. 다행히 전철은 안전하게 멈췄는데 일순간 정적만이 감돌았어. 마치 지진이 세상의 모든 소리를 빨아들인 듯이 그 누구도 짧은 비명을 지르거나 옅은 한숨조차도 쉬지 않았어. 하루아침에 송두리째 바뀐 일상을 보내야 하는 사람들의 표정이 기억나. 그들의 몸을 감싸는 옷깃에도 긴장감과 불안이 달라붙어 있었어. 그 순간, 그들과 한 공간에 섞여 있으면서도 꿋꿋하게 여행을 준비하는 내 모습이 기이하게 느껴졌어. 이질감과 죄책감을 느낀 거야. 이 감정은 하루 종일 나를 따라다니며 괴롭혔어. 아니다. 내가 이 감정을 괴롭혔다는 표현이 더 정확해. 왜냐면 일하는 동안 이 감정이 증발될까봐 집요하게 붙잡았거든. 해석하고 싶었어. 그래서 해석은 했냐고? 응. 이질감은 개인이 품고 있는 자아라는 닫힌 세계에서 비롯한 감정이었고, 죄책감은 같은 인간으로서 세상을 향해 열려 있는 세계에서 느낀 감정이야. 그날 저녁, 1인용 접이식 텐트와 침낭을 사들고 집에 왔어. 여행 갈 채비를 마친 거지. 대체 무슨 생각으로 여행을 시작한 걸까? 주저했던 건 사실이야. 솔직히 지유가

오카 집에서 출발할 때 시즈카상이 하루만 더 있다 가라고 말려줬으면 했어. 하루만 더 있다 가라고. 근데 얼마나 친절한지, 손까지 흔들며 사요나라 혜주쌍, 하더라고. 한국인 체면이 있지. 짐도 EMS로 다 부쳤는걸. 모르겠어. 온몸으로 세상을 느끼고 싶었어. 가야만 했던 것 같아.

도쿄를 시작으로 세상 끝처럼 느껴지는 카가와현 외딴섬에 왔어. 드디어 내일이면 교수님 연구실에서 봤던 풍경을 마주해. 기분이 어떨 거 같아? 대체 얼마 만에 보송보송한 이불을 휘감고 침대 속에 누워보는가! 감격하고 있어. 우습지? 길에서 먹고 자는 여행은 내가 생각했던 것보다 끔찍해. 노숙자 같은 내 꼴을 봤으면 눈물이 절로 났을걸? 아무튼 여긴 내 숨소리는 물론이고 심장박동 소리가 귀에 들릴 만큼 고요해. 태초의 지구도 이랬을까. 이 고요함이 너무 숭고해서 음악도 듣고 싶지 않다. 네게 그간의 일들을 전하느라 몰랐는데 말이야. 여기는 좀 무서워. 내가 지구 상에 혼자 남은 생명체 같단 기분이 들어. 밖에 나가면 정말 텅 빈 지구처럼 아무것도 없을 것만 같아. 이건 고독, 외로움과 다른 감정인데 뭐라 해야 할지 모르겠어. 두려움인가? 아마도 본능이 깨운 감정 같아.

이곳에 오는 동안 자전거 핸들을 어느 방향으로 틀고 페달을 얼마나 힘주어 밟느냐에 따라 나를 둘러싼 풍경과 사람들이 바뀌었어. 난 아주 찰나 그곳에 속해 그 순간을 살아. 그 사실이 몹시 신기해. 내 의지에 따라 생은 몇 번이고 얼굴을 바꿔. 이 얼마나 유연하고 무심한 배려인지. 오늘 비가 오지 않았다면, 아니 여행을 포기하고 한국으로 돌아갔다면, 아니, 내가 중앙 도서관에서 하이데거 책을 잡지 않았더라면…… 지금과는 다른 얘기들로 인생이 채워졌겠지. 환경이나 조건에 의해 바뀌는 삶의 모습에 관한 얘기가 아니야. 그러니까…… 좀 더 풀어 쓰자면, 생이 우주라면 우린 그 안에 떠도는 소행성인 거야. 내가 살아 있는 것이 아니라 살아 있음 속에 내가 있다고, 그런 형용할 수 없는 거대한 생명력을 느끼고 있어. 밤이 깊어도 잠들 수 없는 건, 풀벌레도 숨죽인 작은 섬에서조차도 무한히 번식하며 일어나고 있는 어마어마한 생의 물결을 잊지 않고 싶어서인 것 같아. 아마 살면서 다시는 이토록 강렬하게 느끼지 못할 거야. 붙잡을 수 없는 이 순간이 아쉬워. 앞으로 인생에 이만큼 붙잡고 싶어 애타는 순간이 또 올까? 수십 번을 생각해도 똑같아. 모든 게 시계태엽에 맞춰 카운트다운되고 있어. 그래서 더욱 간절해져. 모든 것에 진실되고 싶어져.

솔직한 내 마음을 고백할게. 이누지마는 특별한 장소가 아니게 됐어. 그토록 고대하던 유리공예를 배우면서, 난데없이 피난길 행렬에 휩쓸려 열 시간을 넘게 걸으면서, 며칠을 내달리다 어렴풋이 보이는 후지산에 다리 힘이 풀려 주저앉아서, 그네에 앉아 떡으로 끼니를 때우는 내게 다가온 이름 모를 할머니가 차려준 밥상 앞에서……. 나를 스쳐간 수많은 풍경과 사람들을 보며 생각한 게 있어. 생을 함부로 대하고 싶지 않아. 그만한 대가와 책임을 무릅쓰고서라도 진정으로 살고 싶어. 어떤 빛과 어둠이 내려도 어떤 풍경 속에 놓이더라도 단단하게 제 색을 뿜는 천 개의 면을 가진 보석처럼 말이야. 생 앞에 정정당당하게 나를 올인하겠다는 약속을 했어. 그래서 나는 나를 제대로 마주 보려고 해. 이게 본질인 걸까? 아무래도 모르겠어. 찾는다면 알아는 볼 수 있을까? 찾아낸 걸 평생토록 지킬 수는 있을까? 안부를 전하는 편지치곤 너무 두서없지. 내 얘기를 들어줘서 고마워. 우리가 다시 마주하는 날엔 네가 얼마나 반가울까. 노숙자의 재미난 일화는 그때 전할게. 너를 응원해. 너의 생이 진실되길 바라.

—2011년 6월 10일. 너의 벗.

책상 서랍을 뒤지다 오래된 일기장을 꺼냈다. 일기장에

써놓은 편지는 수신인에게 보내지 못했고 여전히 내게 있다. 어떤 연유에서였는지 기억나지 않지만 끝내 수신인에게 닿지 않았음에 웬지 모르게 안도하고 있다. 이제는 수신인이 누구인지도 불분명하다. 그 시절 나의 예감이 맞았다. 생의 강렬함은 다시 찾아오지 않았다. 첫사랑처럼 두 번의 경험은 없는 건가 보다. '어쩔 수 없이'와 '어쩌다 보니'로 뒤엉킨 삶의 순간들을 지나며 이따금씩 일기를 들춰보고 내가 그랬었구나, 한다. 그 시절, 자전거 여행을 하는 동안 한 여인의 글을 일기장 앞장에 적어두고 다녔다. "자신의 생을 완전하게 살기 위한 철저한 노력, 생을 열심히 진지하게 살았다고 말할 수 있는가." 내게 전혜린의 말은 동경의 대상이었고 추앙에 가까웠다.

정작 이상을 지킬 힘도, 현실에 맞설 무기도 없으면서 열망만 가득했던 날들. 당차고 용감해 보여도 속으론 은사시나무처럼 떨었던 여리디여린 청춘이었다. 오늘처럼 일기장을 뒤적거리다 보면 세상 물정 모르는 순진무구했던 아가씨의 다짐이 무색하게, 고작 내가 됐다는 것에 좀 미안하기도 하고 그래도 몇 개 정도는 네 소원대로 살아주고 있지 않느냐며, 그러느라 고단했으니 너무 나무라지 말라고 혼잣말을 하기도 한다.

사회 구성원으로서 제법 성실한 직장인 흉내를 내는 동

안에도 가득했던 열망은 책으로 삼키고, 갈망을 글로 뱉으며 실존이 흐릿해지는 시간들로부터 나를 지켜왔다. 매해 1월이 되면 한 해 쓴 일기를 회고록처럼 다 읽고서 일기장 제목을 적었다. '인간에게 가장 큰 상처는 존재, 중요한 것은 그럼에도 모든 것을 살아보는 일이다. 내 속에 솟아 나오려는 것, 바로 그것을 나는 살아보려고 한다. 다년생 식물처럼 끈질기게 제기되는 문제들에 체계적으로 답할 것. 생을 탐미하는 자, 제발 눈을 떠 아름다운 숨을 토해내라' 같은 문장들로 지난 생을 축약하면서. 그렇게 꼬박 강산도 변한다는 세월을 보내고서야 만난 나무는 내게 구원이었다.

최후의 방어기제였던 일기 속 활자들은 이제 나무를 통해 몸을 얻는다. 나는 나오시마의 민박집처럼 허름한 작업실 한 편에 앉아 조용히 나무를 깎고 일기를 쓰며 이 시절을 기록한다. 그렇게나 하고 싶었던 작업이란 것을 하면서, 그토록 바랐던 모습으로 나를 이끌어가며 이 생을 살아가고 있다.

매서운 현실

확실히 예전보다 개인 목공방이 많아졌다. 한 블록 건너 하나씩 있다는 소리가 왕왕 들려올 만큼. 목가구가 많은 사랑을 받고 업계 시장이 튼튼해지고 목공의 문턱이 낮아져 많은 사람이 즐기는 문화의 영역으로 확산된 거라면 좋으련만, 최근 감지되는 분위기로 보아 그런 건 아닌 것 같다. 골목골목 우후죽순 생겨나던 목공방이 몇 년 사이 하나둘 안보이기 시작했다. 중고 거래 사이트에도 3년 미만 기계들이 반값에 등장하고 공방 전체를 양도하겠다는 글이 심심찮게 올라왔다. 유리 지갑처럼 훤히 보이는 속사정에도 자리를 지키고 있는 목공방을 보고 있자니 입이 바싹 말랐다. '다 같이 버텨보아요.' 무언의 응원을 보냈다.

모두가 살기 좋은 호시절이 대한민국 건국 이래 몇 년

이나 됐겠냐마는 노력하면 나아질 거라는 희망이 보이는 삶과 아무리 노력해도 나아질 기미가 보이지 않는 삶은 1분 1초가 다르다. 누군가는 꿈 찾다 굶어 죽는다며 현실을 직시하라거나 이걸 계기로 될 놈 안 될 놈이 걸러지는 거라는 냉정한 말을 했다. 맞는 말이었다. 다른 누군가는 세상이 어떻게 돌아가든 자기 중심만 잘 잡으면 된다고, 묵묵히 제 할 일을 하면 수월하게 지나갈 수 있다고 말했고 역시 맞는 말이었다. 어느 쪽의 말에 귀 기울이든 목공에 진심인 건 똑같다. 버텨도 버티지 않아도 보릿고개를 넘는 동안 골병이 드는 것 역시 똑같다.

경기는 장기침체 국면으로 들어섰고 치솟는 물가와 가계부채는 소비심리를 위축시켰다. 휘발유, 식료품, 소주, 가스, 붕어빵, 졸라맬 허리띠까지 너 나 할 것 없이 가격이 올랐다. 목공업계도 예외는 아니었다. 코로나19 팬데믹으로 인한 수급 불균형과 물류비 상승을 이유로 수입 제재목 가격이 천정부지로 치솟았다. 특히 월넛(호두나무)과 화이트 오크(백참나무)는 역대 최고가를 경신했다. 엎친 데 덮친 격으로 세계 최대 임업 자원 보유국인 러시아는 우크라이나와의 전쟁에 비우호적인 국가에 목재 수출을 중단했는데, 비우호국에 한국이 포함되었다. 수요만큼 공급되지 않으니 목재 값이 올랐고 한동안 자작 합판은 웃돈을 얹어준다 해도 구할 수 없었다. 보관해둔 제재목으로 작업을 이어가며 이 사태가 잠잠해지고 목재 값이 내리길 비는 수밖에 없었다. 그러나 한 번 오른 목재 값은 이런저런 이유로 두 번 세 번 올랐고, 지금까지 단 10원도 내리지 않았다.

천정부지로 오른 목재료비에 가장 곤란해진 건 제작자였다. 재료비는 코로나19 팬데믹 전후 두 배 가까이 차이가 났다. 10만 원이던 재료비가 20만 원이 된 셈이었으니 견적을 내주기가 미안할 정도여서 마지못해 인건비를 줄였다. 아무리 그런다 해도 한계가 있었다. 재료비가 60만 원인데 한 달 내내 만들어 100만 원에 팔 수는 없잖은가. 상황이 이래서 견적이 높게 나왔다고 구구절절 설명하면 '예, 알겠습니다. 제작해주세요'라고 말하는 소비자는 드물었다. 정해진 예산 내에서 더 저렴하게 제작해줄 곳을 물색했고 더 줄인 인건비로 견적을 내준 어느 목공방에 가구를 의뢰했다.

대한민국 자영업 종사자는 모두 타격을 입었다. 그들의 자영업 인생사에 바이러스와 전쟁이라는 시나리오는 없었을 것이다. 나도 그랬다. 목수는 기술로 먹고사는 기술직이 아니라 재료를 떼어 와 물건을 만들어 파는 제조업 소상공인, 자영업자인 것을 이때 완벽하게 확인했다.

목재비가 오르고 경기가 어렵다는 상황을 배제하더라

도 여러 형태의 가구 시장에서 수제 원목 가구를 찾는 일반 소비자는 그리 많지 않다. 거기다 많고 많은 목수가 차린 목공방과 많고 많은 목가구 중에 내가 디자인하고 만든 제품이 소비자의 안목과 취향에 꼭 들어맞는 일이 한 달에 몇 건이나 있겠는가. 친환경, 핸드메이드 딱지를 암만 갖다 붙인다한들 소비자의 환심을 사기가 쉽지 않다. 운 좋게 한 달 사이 20건의 가구 제작 의뢰가 들어와도 공방 규모의 제약이나 부족한 일손 때문에 일정에 맞춰 제작할 수도 없다. 이를 비롯한 여러 이유로 개인 목공방은 자신이 디자인하고 만든 가구를 주력 상품으로 판매하기보다는 불특정 수요를 하나하나 충족시키는 커스터마이징 형식의 극소량 생산에 중점을 둔다. 그러나 기술만 부려 잘 만든다고 될 일이 아니다. 언제 찾아올지 모르는 소비자를 마냥 기다리기만 할 수도 없는 노릇이다. 만일 제작과 판매로만 먹고살겠다는 마음이라면 한 사람을 위한 물건을 만들며 '세상에 하나뿐인 무엇'을 표방하는 것보다 다수의 취향과 공감을 살 수 있는, 나만 만들 수 있는 물건과 나만 파는 물건을 연구하는 편이 낫다. '세상에 나만 할 수 있는 무엇'으로 목수 자신이 대체 불가한 브랜드가 되어 특수 소비층을 만들지 않는 이상 개인 목공방에서 제작과 판매로만 먹고사는 건 대단히 어렵다.

개인 목공방의 홍보 방식도 대체로 비슷하다. 여느 공방

것이라 해도 무관할 만큼 비슷한 느낌과 어조로 똑같은 해시태그를 달아 SNS에 사진을 올리며 광고비를 지불하고 노출 빈도수를 높인다. 작업 과정을 부지런히 영상에 담아 편집하고 유튜브 채널에 올리기도 한다. 소통과 기록을 겸하는 홍보 방식은 마케팅 비용 절감과 접근의 편의성 때문에 용이하게 쓰였다. 하지만 정보 피로 사회라 불릴 정도로 하루에도 수십만 개씩 정보가 쏟아지는 중에, 내 가구가 사람들의 시선에 몇 초간 머물지를 생각하면 공들여 사진 찍고 영상을 편집하는 시간과 노력 대비 결실이 매우 아쉽다. 많은 사람이 하트를 누르고 엄지를 치켜세우지만, 봤다는 기억도 없이 잊히는 게 태반이다. 사람들은 나날이 무감해지고 개인화되고 알고리즘은 개인의 취향에 더 몰입하도록 만든다. 나의 가구가 환심을 살지 피로를 살지 알 수 없는 일이다. 심혈을 기울여 만든 목수들의 가구가 잠깐의 눈요기로 소비되는 현실은 어쩐지 좀 씁쓸하다. 그렇다고 남들 다 하는 SNS 홍보를 안 할 수도 없고 다른 대안이 있는 것도 아니다.

주문 제작과 제품 판매는 매우 불안정한 수익구조이기 때문에 개인 목공방은 대부분 교육 프로그램을 운영하며 일정한 수입을 얻는다. 하지만 불안정하기는 마찬가지다. 체계적인 커리큘럼과 뛰어난 기술이 있어도 그것이 수강생 수와 직결되지 않는다. 국비 지원으로 배울 수 있는 사설 목공 학원, 산림청 산하 목재문화진흥회에서 운영하는 43개소의 목재문화체험장, 전국 지자체 평생교육원 프로그램, 기술교육원과 특화 대학교, 무형문화재 소목장의 도제교육, 개인이 운영하는 목공방, 그 공방에서 배출한 창업자가 차린 목공방까지 배울 곳은 배울 사람보다 많다.

목공방을 운영하는 지인에게 물은 적이 있다. "목수가 되겠다는 사람이 만 명 중에 몇 명이나 될까요?" 대부분이 '나도 해보고 싶은' 정도의 관심과 '내가 만든다' 정도의 흥미일 것이라는 게 대화의 결론이었다. 몇 해 전 유명 연예인이 TV 프로그램에서 고래 모양 도마를 만들었다. 방송 당일 밤부터 문의가 쇄도하더니 한 달 내내 사람들이 찾아와 도마를 만들어 갔다. 그러고는 금세 이전 수준으로 돌아왔다. 보통의 관심과 흥미는 한 번쯤 해보는 체험으로 그친다. 조금 더 적극적으로 목공을 맛보려 취미반과 전문가반을 등록하는 수강생은 길면 5년, 짧으면 3개월을 다니다가 '생각했던 것과 달라서, 군대 가서, 취업해서, 타 지역으로 이사 가서, 결혼하고 아이가 생겨서, 다른 걸 배우고 싶어서, 더는 흥미가 없어서' 등등 개인 사정에 따라 갖가지 이유로 목공을 접는다. 심적으로 정든 수강생이 떠나면 아쉬움이 크다. "그동안 감사했습니다. 어디서든 잘 지내세요." 인사를 건네고 나면 일정했던 수입에 생긴 공백을 얼른 메워 공방 운영에 차질이 없도록 해야 한다는 긴장감이 아쉬움을 덮는다. 경기가 좋을 때는 수강생의 빈자리가 금방 채워지지만, 요즘처럼 경기가 나쁠 때는 이야기가 달라진다. 생계가 어려울 때 가장 먼저 접는 것이 돈 많이 드는 취미 아니던가. 일반인이 취미 생활을 목적으로 1년에 수백만 원에서 천만 원에 달하는 비용을 투자하는 건 쉽지 않다. 게다가 작업 하나 할 때마다 수십만 원씩 드는 재료비는 고정급여를 받고 생활하는 사람이라면 꽤 부담스러운 지출이다. 몸으로 체득하는 게 8할인 목공 기술은 긴 시간 동안 꾸준한 집중력과 지구력을 유지해야 얻을 수 있는데, 3개월간 작은 협탁을 만들 때도 사고의 위험 때문에 한시도 긴장을 늦출 수 없기까지 하다. 만만치 않은 재료비, 제작 도중 발생할 수 있는 사고의 위험, 완성까지 수개월이 걸린다는 3종 세트의 부담을 수강생이 관심과 흥미만으로 감내하기를 바라는 건 욕심일지도 모르겠다. 열심히 안 할 수 있고 다른 일을 더 우선할 수 있고 연습에 게으를 수 있고 언제든 변심할 수 있다. 목공방장 본인의 열의만큼 수강생도 열정이 있을 거라는 생각은 흔히 하는 착각이다. 목공방에는 정말 목공이 좋아서, 돈이 많아서, 목수가 되고 싶어서, 본업이 막중해 당장은 작업실을 차릴 수 없어서 다니는 극소수가 남게 된다.

내 목공방은 어떤 메리트가 있는가, 그들의 발걸음을 인도할 만한 무기가 있는가, 고민이 깊어진다. 심사숙고하여 만든 커리큘럼과 수업 자료, 카페 버금가는 쾌적한 시설과 으리으리한 장비를 갖추어도 분기마다 생계를 걱정하며 수강생 모집 공고를 내는 상황이 이제껏 봐왔던 개인 목공방의 현실이다.

목공방이 하나둘 사라지는 동안에도 꿋꿋하게 간판 불을 켜는 곳도 있다. 앞서 말한 대로 세상이 어떻게 돌아가든 자기 중심을 잘 잡고 묵묵히 할 일을 하는 사람, 현실의 매서운 바람에 흔들릴지언정 뽑혀나가지 않겠다는 목수가 있는 목공방이다. 그들은 오래전부터 여러 목공방이 창업하고 폐업하는 걸 목격했을 것이다.

퇴근길에 종종 길 건너편에 있는 목공방 간판을 봤다. 빗방울도 닿은 적 없는 것 같은 새 간판이 늦은 밤 아무도 없는 버스 정류장처럼 희미하게 빛을 내며 어둠을 밝혔다. 코로나19 팬데믹 때보다 더 힘들다는 시기에 오픈한 새내기 목공방 간판의 불빛은 얼굴도 모르는 공방장의 희망처럼 보였다. 나무 향이 물씬 나는 어느 곳에서 톱질하는 자세부터 배웠겠지. 마름질하며 연필 선에 좌우가 있다는 걸 알았고 거칠기만 한 줄 알았던 목공이 얼마나 섬세한 작업인지도 느꼈을 거야. 어깨로 끌을 누르며 나무와 씨름을 하고 1밀리미터의 틈이 얼마나 커 보였을까. 처음엔 나무의 물성에 반했다가 나중엔 나무의 물성에 골머리를 앓았겠지. 하나의 가구를 만들기 위해 500가지의 기술을 몸에 익히고 작업 노트엔 아직 가구가 되지 못한 스케치가 수두룩할 테지. 가구 제작자로서 자기 철학을 갖기까지 얼마나 깊은 고뇌의 시간을 보냈을까.

자신이 만든 가구를 의심하고 의심하고 또 의심하다가 마침내 확신이 들어 작업실을 차리겠다 다짐한 사람이 저기 있다. 열심히 번 돈을 아끼고 모아 수천만 원어치의 기계와 공구를 산 사람이 불안을 이긴 희망으로 간판에 불을 켰다. 저 사람의 진심이 녹아든 공간에 탕탕 망치질 소리가 가득하고 윙윙 돌아가는 집진기 소리가 멈추질 않기를 바랐다.

대한민국 어디에도 그냥 차린 목공방은 없다. 자영업자로 살아남기야 어렵겠지만 목수의 정신이라면 어디서든 오뚝이처럼 일어설 것이다. 에픽하이의 노래 가사 '내가 해야 할 일, 벌어야 할 돈 말고도 뭐가 있었는데'▲를 따라 부르더라도 '뭐'를 잊지 말고 계속 생각하면 좋겠다.

나도, 우리 모두 건투를 빈다.

▲　에픽하이, 〈빈 차〉에서

봄을 준비하는 겨울나무처럼

　꽃 피는 봄날에 태어났지만 내 정서는 겨울에 더 닿아 있다. 가을의 끝자락에서 서늘한 겨울 냄새가 날라치면 일부러 깊게 숨을 들이쉬고 아랫입술을 열어 숨을 뱉었다. 그러기를 여러 번 반복한 어느 날에 공기 중에 하얗게 숨이 피어오르면 첫눈 내리는 광경을 보듯 좋아했다. 내가 내뱉는 숨을 두 눈으로 볼 수 있는 유일한 계절이라는 열여섯 살 소녀 시절의 낭만을 버리지 않고 있어서다. 투명한 광채를 내며 출렁이는 햇살 속으로 흰 숨이 녹아들면, 앙상한 나무가 세상 몰래 이듬해 봄을 준비하는 걸 훔쳐보는 묘미를 겨우내 만끽했다. 두 손이 고드름처럼 얼어붙어 작업에 애를 먹고 난방비가 부담스러워 작업실에서도 두툼한 외투를 입게 될 테지만 언제쯤 겨울이 오려나 마냥 기다려졌다.

겨울나무는 제일 먼저 봄을 마중하는 존재다. 겨울 동안 단정하고 조용하게 자신의 몸에 생명을 저장한다. 호들갑 떨지도 않고 번잡스럽지도 않게 수행자처럼 묵묵히 봄을 준비했다가 때가 되면 움트고 피우는 데 총력을 다 한다. 100일 뒤면 좁쌀만치 작았던 싹이 커지며 야트막한 언덕부터 높은 산봉우리까지 온 세상을 연둣빛으로 물들이겠지. 산들바람이 불면 나무는 몸을 털어 씨를 날릴 거야. 씨앗은 다른 세상에서 실뿌리를 내리고 나무로 자라 생명이 뛰노는 놀이터가 될 것이다. 이런 상상을 하면 메마른 겨울도 더없이 포근한 풍경이 되었다. 그럴 때마다 왠지 모를 기대에 들떠서는 증기를 뿜는 압력밥솥처럼 뜨거운 숨을 뱉어냈다.

오색 빛깔 푸른 봄날보다 오지 않은 봄을 상상하며 겨울을 즐기는 취향은 인생을 살아가는 방식이나 작업자로서의 태도에서도 고스란히 드러났다. 어떤 일이든 그 일을 시작하기에 앞서 그것이 담고 있는 여러 가능성에 매혹됐다. 기대, 번민, 만족, 좌절, 성찰, 수월, 고난, 기쁨, 우울, 성취, 실망, 충돌……. 어느 방향으로 진행되어도 상관없었다. 무엇이 될지(할지) 모르며 무엇이든 될 수(할 수) 있다는 열린 가능성을 그 자체로 즐겼다.

요 며칠 결핍이라는 심리 현상을 붙잡고 지긋하게 생각을 하고 있다. 동거인 S와 늦은 밤까지 얘기를 나눴는데 대화

내용은 각자의 결핍에 관한 것이었다. 그날부로 탐구욕이 발동해서 관련 철학사상, 의학서, 논문에 정신이 팔렸다. 그 과정에서 흡수할 여러 자극과 뻗어나갈 생각들이 기대됐고, 마침내 결핍을 뭐라 명명할지, 관점이 달라진다면 어떤 세계가 열릴지 궁금했다. 작업 노트에 끄적거린 심상들이 언어를 지나 스케치가 된다. 이를 나무에 입혀 수개월을 걸쳐 깎고 다듬는 동안에 정신과 육체는 도파민에 흠뻑 취한다. 잠자리에 누워서도 하다 만 작업이 눈에 아른거려 어서 아침이 오고 내 몸이 작업실에 있길 바랐다.

　삼십대를 다 바쳐 나무를 만지고 살았으니 애착 가는 작품 하나 정도는 있어야 할 텐데, 몇 달을 매달려 만든 목물을 봐도 이렇다 할 감흥이 없는 자신을 목격할 때면 완성품에는 내재된 가능성이 없어서 흥미를 느끼지 못하는 거라고 속단하기도 했다. 아직까지 스스로 홀릴 만한 완성을 해보지 못한 것이 자명하지만 조급하지 않다. 때가 되면 지각에서 정신으로, 대상의 재현에서 인상의 표현으로 끌어낸 작품과 마주할 날이 오지 않을까. 하루하루가 그 언젠가 만나게 될 미지의 작품을 향한 가능성을 품고 있다. 마침표를 찍는 완결보다 무엇이 될 줄 모르는 상태에서 조금씩 형상을 찾아가는 행위가 삶의 여정과 비슷하다는 인상을 받는다. 미완의 여지에 숨통이 트인다. 생의 온갖 것들을 받아들이고 저장하고 싶다. 조바심 내며 서두를 이유가 없다.

몇 달 전 작업실 임대인을 만났던 게 생각났다. 두 번의 재계약을 했고 다시 계약 갱신 여부 의사를 밝혀야 할 시점이었다. 3, 4년 전부터 작업실이 있는 골목에 특색 있는 식당과 주점들이 하나둘 들어서더니 맛집을 탐방하는 유명 유튜버가 다녀가면서 상권이 급속도로 발달했다. 낙후한 건물을 허물고 새로 지은 건물도 많았는데 광이 번쩍번쩍 나는 새 건물들에 '임대'라고 적힌 현수막이 붙는 걸 보지 못했다. 경기가 어렵다는데 어찌 된 영문인지 명절날 매진된 기차표처럼 하루도 공실이 없었다. 골목 일대가 젊은이들이 좋아하는 핫플레이스가 되면서 거리는 활기가 넘쳤지만, 터줏대감처럼 버티고 있던 작업실은 골목상권에 부는 자본의 바람에 떨었다. 부동산 내공 50단의 건물주 눈치를 살피며 임대료 동결은 어불성설이고 이번에는 몇 프로나 인상될지 걱정했다. 역시 예상이 걱정을 덜어주는 법은 없었다. 예상이 예상을 뛰어넘는 법은 있어도. "아가씨, 하는 일 접고 시집가." 나가라는 말을 이렇게 돌려 할 수 있다니 번역기가 필요할 정도로 창의적이었다.

"부동산에서 전화가 자주 와. 계약 언제 끝나는지 묻고 가는 사람이 많아."

건물주가 제시하는 만큼의 임대료를 지불할 용의도 없었지만 매일 얼굴 마주하는 건물주와의 관계를 생각하면 임대차보호법을 들이밀며 거절하기도 어려웠다. 임대소득으로 먹고사는 건물주 입장을 생각해봐도 임대료 상한선 이상을 받고 싶을 것 같았다. 젠트리피케이션은 보증금 6배와 임대료 1.5배를 지불하겠다는 새 임차인을 임대인에게 주선했다.

자본의 광풍에 떠밀려 쫓겨나는 모양새였지만, 재작년부터 작업실 이전을 염두에 두고 여러 지역을 오가며 임장을 다니고 있었다. 내가 원하는 조건은 자연과 어우러진 소담한 건물과 마당이었다. 아무리 정든 공간도 셋집살이의 불안까지 감싸주지 못하고 오르기만 하는 물가와 임대료는 작업 대신 돈 버는 일을 하라 닦달하니 내 작업실을 마련해보겠다며 찾아다닌 곳이 족히 30군데는 됐다. 그동안 알아본 매물들은 다닥다닥 붙은 집들 사이에 있어 분진과 소음 민원을 걱정해야 했고, 길이 비좁아 차가 드나들 수 없었고, 드넓은 지평선 너머 직선 1킬로미터 거리에 우사牛舍가 있었고, 토목공사가 부실해 산사태 위험이 있었다. 고쳐 쓸 만한 빈집은 귀촌 열풍을 타고 시세 대비 턱없이 높은 금액을 불렀다. 으리으리한 전원주택들은 내가 찾는 조건과 맞지도 않았지만 전재산을 탈탈 털어 30년 만기 대출까지 끌어도 겨우 살까 말까 한 금액이었다. 뛰어들면 10년은 늙는다는 건축도 배보다 배꼽이 더 큰 일이었다. 작업하려고 작업실을 차렸는데 대출금 갚느라 일만 하는 눈물 나는 상황을 재연할 생각은 추호도 없었다. 그런 작업실은 필요하지 않았다. 성에 차는 매물은 없고 뾰족한 수가 있는 것도 아니라서 1년만 더 계약을 갱신할지 갈팡질팡하는 사이에 임대인이 퇴거를 요구했다. 내심 잘됐다고 생각했다. 지지부진하게 끌며 신경 쓰는 건 정말 못 할 짓이기 때문이었고 뭣보다 귀찮았다.

오랫동안 둥지가 되어준 작업실을 떠나 새 터를 구하려니 인생의 난제를 만난 것처럼 판단이 어려웠다. 매매가 마땅치 않다면 임대라도 좋으니 자연과 가까운 곳으로 가겠다는 오랜 소원만큼은 이루고 싶었다. 짬 날 때마다 근교로 차를 몰았고 대청호수가 보이는 아담한 시골집을 찾았을 때는 심장이 다 두근거렸다. 마을과 떨어져 있고 볕이 잘 드는 작은 마당과 텃밭, 목재를 적재할 창고가 있었다. 이제껏 보았던 매물 중에 가장 이상적인 장소였지만 폭설이 내리면 꼼짝없이 갇힐 가파른 길과 호수가 뿜어낼 어마어마한 양의 습기는 당해낼 재간이 없었다. 벌레와 뱀의 습격은 또 어쩔 것이며 그때마다 난리법석을 떨며 강제적 히키코모리가 되거나 다급하게 119에 전화를 거는 일은 상상만으로도 스트레스였다. 누군가가 네 뜻대로 될쏘냐 방해 공작을 펴는 것 같았고,

아직은 시기상조라며 나를 뜯어말리는 것도 같았다.

한정된 예산 내에서 최대 효율을 내기 위해 여러 선택지를 두고 따지다 보니 나무를 깎는 공간이라는 작업실 본래의 순수성을 잃어갔다. 근교를 돌아다닌들 이거다 싶은 매물은 좀처럼 없었고 머릿속만 복잡해졌다. 게다가 계약 만료일이 점점 다가오니 결정을 해야 했다. 맞는 선택일까 자문했지만, 쉽사리 답하지 못했다. 맞고 틀리고를 논할 수 없는 질문이었으니 답이 있을 리 없었다. 원하는 선택인가를 다시 물었다. 욕망의 살점처럼 들러붙은 선택지들을 과감하게 지워냈다. 끝까지 붙들고 있었던 들꽃 핀 마당과 숲이 부는 바람 소리도 선택지에서 지웠다. 그제야 보였다. 나무와 만났던 때의 첫 마음이. 이 일을 왜 하고 있는가에 대한. 답이 있었다.

그렇게나 많은 매물을 보고 방법을 찾고 고민해도 판단이 서지 않아서 선택을 보류하고 결정을 망설였다. 긴 시간 꿈꿔왔던 순수한 소망이 어느새 욕망으로 변질되어 나를 짓누르며 억압했다는 걸 드디어 알았다. 아뿔싸! 선택의 무게는 욕망의 크기와 비례했다.

내 안에서 벌어진 소동의 내막을 깨닫고 나니 정신이 또렷해졌다. 당장 두 달 뒤에 어디에 있을지 모르는 작업실이 또다시 무한한 가능성처럼 느껴졌다. 두툼한 장막이 걷히면 눈부신 조명과 트럼펫이 울리며 새로운 무대가 시작되는 것이다. 마음이 가뿐해지니 선택도 쉬웠다. 3일 만에 새로운 임대인과 계약서를 작성했고 일사천리로 작업실 이전을 시작했다. 한때는 가지고 싶어 안달 냈던 짐짝 같은 기계들을 처분하고 한결 가벼워진 작업실에서 조각도를 들 생각에 끝도 없이 나오는 짐을 정리하고 매일 실어다 옮기는 일도 힘들지 않았다. 내 욕망이 나를 속박하고 있었다는 걸 깨달았고, 그 깨달음이 끝없이 온몸에 생기를 불어넣었다. 경험으로 깨친 것들은 환희로 빛났다. 무엇을 가져올지 모를 인생의 가능성에 다시 설렜다. 생의 온갖 것들아, 무엇이든 내게 오라.

새로 꾸린 둥지에 앉아 매주 한 회씩 에세이를 기고하는 신문사에 이번 일을 주제로 글을 적어 보냈다.

'인생은 탄생과 죽음 사이의 선택이다.' 실존주의 철학자 장 폴 사르트르의 말이다. 인간은 태어나 죽는 순간까지 선택을 연속하며 이러한 선택의 총합이 인생이라는 것이다. 무언가를 선택한다는 건 생의 주체성과 자유의지가 자신에게 있다는 것을 의미한다. 갓 1세가 된 인간은 돌잡이를 하며 선택하는 생의 시작을 축하받는다. 사소하게는 점심 메뉴부터 인생을 바꿀 만한 중차대한 기로에서까지 삶은 매 순간 선택하기를 종용한다. 우리는 기대와 두려움을 동시에 품은 채로 선택의 날을 맞게 되는데 필시 전보다 나은 선택이기를 원한다. 선택의 책임 또한 본인에게 있다. 선택의 특징은 정답이 없으며 책임이 따른다는 점이다. 이 점은 위안이 되기도 하고, 폭력이 되기도 한다. 선택 자체가 삶이기에 선택에 길들여 있으면서도 선택이 어려운 이유다.

글자 수 제한으로 덜어내고 지워낸 원고를 신문사에 메일로 보낸 뒤, 감회를 풀어내듯 글을 이어 적었다. 숲의 바람 소리 대신 작은 공원을 앞에 두었다. 금리 높은 대출금 대신 저렴한 임대료를 택했다. 마당 대신 주차장을, 한적한 시골집 대신 1분 거리 병원과 떡볶이집을. 어떤 선택을 했어도 삶의 풍경은 바뀌었을 것이다. 미래는 얼굴을 감춘 채 내 선택에 따라 표정을 달리할 것이다. 내가 무엇을 선택할지, 앞으로 어떤 풍경을 볼지 모른다. 그 과정에서 만날 무수한 경험의 정체도 모른다. 가능성은 놀랍다.

떠나온 곳에서 겨울을 났으니 이제 여기서 가는 실뿌리를 내리고 봄을 만난 나무처럼 움트고 피우는 데 총력을 다하리라 다짐했다. 그러고 보니 겨울이다. 공원으로 나가 낭만 젖은 내 취미를 즐길 차례다.

나무를
다루는
직업

함혜주

『나무를 다루는 직업』을 편집하며 오랜만에 '꿈'에 대해 생각했습니다. 좋아하고, 잘하고 싶었던 일. 현실과 꿈은 좀처럼 맞닿는 지점이 없는 단어 같지만, 드물게 이를 일치시키기 위해 치열하게 노력하는 사람들을 만나기도 합니다. 저자 함혜주가 바로 그런 사람입니다.

함혜주는 스스로 '일과 놀이와 꿈'이 같은 사람이라고 합니다. 디자인을 전공하고 일본에서 유리공예를 배우며 삶의 방향을 고민하던 그는, 나무를 접한 후 비로소 자신이 찾던 재료라는 확신을 얻습니다. 공방을 열고 교육과 작업을 병행하면서, 때때로 천년을 사는 나무 앞에서 아득해지기도 합니다. 나무에 비하면 짧은 삶, 목조각 작업만 하며 살고 싶다는 열망도 커져가지요. 함혜주는 주로 '아트퍼니처'를 작업합니다. 이는 실용적 목가구와는 다른, 예술적이고 철학적인 제품입니다. 나무 작업에도 다양한 세계가 있다는 것을 새롭게 알게 되었습니다.

함혜주에게 나무를 다루는 일은 곧 온전한 자신으로 살아가는 방식입니다. 진중한 에너지가 깃든 글을 읽다 보면, 평생에 걸쳐 깊어져갈 그의 작품들을 기대하게 됩니다.

마음산책 드림

예고편 없는 드라마

체험형 여가 활동에 적극적인 요즘 사람들은 흙을 구워 컵을 만들고 계란과 밀가루를 반죽해 케이크를 만들고 스테인드글라스로 선캐처를 만든다. '내가 만든 내 거' 혹은 '내가 만든 선물'은 만듦새가 어떻든 애정이 가기 마련이다. 목공 원데이 클래스는 체험의 기회를 폭넓게 제공하는 동시에 일상에 필요한 것을 만들어보는 공예 놀이로써 일반인에게 재미와 즐거움을 준다. 하지만 주문 제작과 정규반 수업을 병행하며 원데이 클래스를 준비하고 서비스를 제공하는 내 입장에서 보자면 신경 써야 할 게 한두 개가 아닌, 다소 까다로운 수업이다.

일단 기획 단계부터 골머리를 앓는다. 경험이 전무한 초보자라는 가정하에 제작 난이도를 레벨 1로 낮추면서도 만드는 재미가 있어야 하고 심미적 만족감을 주는 아이템을 기획해야 한다. 기획자인 내가 심플하면서 고급스럽고, 클래식하면서 모던한, 이십대에서 오십대까지 두루두루 선호할 만한 디자인을 요청하면, 디자이너인 내가 머리를 싸매며 '대체 그게 뭔데' 하고 티격태격한다. 제작자인 나는 둘 싸움에 틈을 비집고 들어가 한정된 시간과 안전성까지 고려해야 한다고 한 소리 거드니 작업 노트에 적어놓은 아이디어들 100 중에 99는 폐기 수순을 밟을 만큼 품목은 매우 제한적이다. 한 달 내지는 두 달가량 걸리는 기획 단계를 넘고 제작 과정별로 어떤 설명을 하고 어떻게 시범을 보여야 수업을 원활하게 진행할 수 있을지 전체 줄거리까지 짜면 90퍼센트는 준비가 된 거다. 템플릿을 만들고 수종별 샘플을 만들어 촬영한 뒤 편집하고 홈페이지나 SNS에 클래스 과정을 업데이트한다.

수강생이 클래스를 신청하면, 대형 기계를 사용하거나 오래 걸리는 과정은 사전에 작업해 다듬어놓는 '블랭크' 형태로 만들어둔다. 정규반은 수강생 본인이 A부터 Z까지의 제작 과정을 직접 하도록 장기간에 걸쳐 지도하는 반면에 원데이 클래스는 제한된 시간 내에 완성해야 하기 때문이다. 고로 원데이 클래스는 수업 전 내가 A부터 V까지, 수업 당일 수강생이 W부터 Z까지 제작해 하나의 목물을 완성하는 맛보기 체험형 수업이다.

소분한 오일과 천, 사포 등 관리용 키트를 만들어 따로 챙기고 다과와 음료도 미리 준비한다. 요즘 말로 인스타 감성이 묻어나는 사진을 작업 중간에 한 번씩 찍어주는 센스도 있어야 한다. 작업 도중에 목재를 부러트린다거나 수공구를 망가트린다거나 하는 예상치 못한 변수도 존재하는데, 당황하지 않고 유연하게 대처하는 전문가적 면모와 만남부터 이별까지 어떤 상황에서도 미소를 잃지 않는 서비스 정신도 필요하다. 이외에도 기본적인 수강 문의부터 수종별 차이 안내, 일정 변경, 수업 취소, 환불 등 문의 알람이 시도 때도 없이 울리니 신경을 덜 쓰려야 덜 쓸 수가 없다.

이런 이유로 많은 1인 체제 목공방이 같은 목소리를 낸다. 차라리 복잡한 구조의 목가구 한 점을 고생하며 만드는 게 속 편하다고. 백번 공감하는 바이다. 그럼에도 작업실 오픈 당시부터 원데이 클래스를 계획했던 이유는 목공의 접촉점을 넓혀 정규반 문턱을 낮추겠다는 전략이 반이요, 목공을 널리 이롭게 하라는 명분을 내세우고 한 푼이라도 더 벌자는 자영업자의 간절함이 반이었다. 그런데 웬걸, 원데이 클래스는 앞서 말한 수고를 감내할 가치가 있는 예고편 없는 드라마이자 세 시간짜리 단편영화였다.

원데이 클래스에 필요한 재료와 수공구를 작업대에 정갈하게 준비해놓고 예약 시간이 다가오자 마음이 살짝 어수선해졌다. 지금까지 300번은 넘게 한 수업인데도 불안하진 않지만 편하지도 않은 상태인 건 매번 똑같다. 곧 등장할 이들에 대해 아는 것이라고는 예약자 이름과 참여 인원이 몇 명인지가 전부이기 때문이다. 클래스 시작 시간이 되어야 그들의 얼굴 생김새와 분위기, 말투, 성별, 서로 어떤 관계인지를 알 수 있다. 수더분한 성격의 인물일 수도 있고, 세상 예민한 인물일 수도 있다. 생글생글 웃는 친화적인 인물일 수도 있고, 눈도 마주치지 않는 냉담한 인물일 수도 있다. 찾아오는 수강생들의 입장에서도 내가 미지의 인물인 건 마찬가지이지만 수적으로도 감정적으로도 내 쪽이 열세하다. 아무리 작업실 주인장이 나라고 해도 정서적 친밀도가 높은 무리 사이에 낀 타인이 되는 것이다. 무리 속에 홀로 있는 어색함에 적응하느라 작업실 오픈 초기에는 수업만 끝나면 녹초가 되곤 했다.

그간 수백 명의 사람과 원데이 클래스를 하면서 지치지 않고 꿋꿋하게 친화력 좋은 자아를 키워낸 나 자신이 기특했다. 오늘 만날 낯선 사람들을 환하게 맞이하기 위해서 아-에-이-오-우, 아-에-이-오-우, 입술 근육을 풀었다.

원데이 클래스의 시작을 알리는 주제곡을 고르라면 단연 유리상자의 〈사랑해도 될까요〉로 하겠다. 문이 열리고 그대가 들어온다. 드디어 예고편 없는 드라마가 시작된다.

오늘의 주인공들에게 클래스 전체 과정을 설명하고 제작 시범을 선보이고 난 뒤 나는 클래스 전체의 흐름을 담당하는 드라마 감독이자 시청자가 되어 화면에서 빠져나온다. 일부러 들으려 하지 않아도 들려오는 주인공들의 대화 속에서 다양한 인생을 엿본다. '아, 오늘 드라마는 2년 만에 모인 고등학교 동창 얘기구나. 주인공 1은 보령에 신혼집을 꾸렸고 주인공 2는 수원에서 직장을 다니고 주인공 3은 천안에 살고 임신 초기구나. 그래, 셋의 중간 지역이 여기였구나.' 이제는 사는 곳도, 매일 보는 풍경도 다른 삶을 살지만, 나란히 등하교하며 서로의 풍경이 되어주던 고등학교 소녀들이 지금 이 순간 한자리에 모여 있다.

사람들은 안 친한 애랑 밥은 먹어도 영화는 안 본다. 밥은 생존이고 영화는 선택이니까. 그런 걸 생각하면, 인터넷에서 수업을 검색한 뒤 휴대전화 목록에 있는 수많은 이름 중에 제일 먼저 떠오른 이름을 소환해 "이거, 같이 해볼래?" 의사를 묻고 스케줄을 맞추어 클래스를 예약하고 한날한시에 만나 낯선 체험을 하겠다고 함께 온 그들 사이는 필시 각별하다. 작업실은 각별한 고교 동창생들이 모처럼 재회한 만남의 장소가 되었다.

난 그들의 드라마에서 '목공방 원데이 클래스/재회 신

^{scene}'을 책임지는 감독 역할에 충실하며 들어도 못 들은 척 알아도 모르는 척 그들의 대화에 관여하지 않고 남은 수업 시간과 작업 분량을 체크했다. 수업 중간에 잠깐씩 컷을 외치며 "다음 단계로 넘어가볼까요? 잘하시네요! 여기만 좀 더 손볼까요? 이렇게 솜씨가 좋으신데 저는 뭐 먹고 살아요?" 여러 추임새를 넣고 너스레를 떠는 것도 잊지 않았다. 그들과 나는 만나고 곧 이별하는 인연이지만 각별한 사이의 그들은 클래스를 마치고 같이 밥을 먹거나 다음에 보자는 약속을 하거나 카페로 가 만든 것을 꺼내놓고 잠시 소감을 나눌 것이다. 이후의 삶도 공유하면서 두 번째, 세 번째, 네 번째 신을 찍고 그들만의 드라마를 써 내려갈 것이다.

드물게 혼자 찾아오는 주인공도 있었다. 소중한 사람에게 뜻깊은 선물을 주고 싶어서, 발령 나서 내려온 지역이라 친구가 없어서, 남편이 질색하며 하기 싫다 해서, 혼자만 평일에 쉬어서, 아이 유치원 보내고 짬이 나서, 엊그제 남친이랑 싸워서…… 드라마 줄거리는 각양각색이었다.

가장 기억에 남는 사람은 남들 다 국내외로 놀러 가는 5일의 황금연휴를 조용히 홀로 보내고 있는 이십대 중반(추정) 주인공이었다. 이 드라마의 장면에는 '목공방 원데이 클래스/주인공 독백 신'이라 이름 붙이고 싶다. 주인공은 발라드 말고 드뷔시의 〈아라베스크〉를 틀어줄 수 있느냐 물었고 나는 〈달빛〉도 같이 들어도 되느냐 되물었다. 음악으로 말문이 터서 스푼 하나, 포크 하나를 완성하는 동안 작업대에 마주 앉아 나무를 깎으며 시시콜콜한 이야기를 나누었다. 예의 주인공의 이야기를 클래스가 끝남과 동시에 잊어주는 미덕을 발휘해야 했으나 완성품을 손에 쥐고 고백하듯 전한 마지막 말이 여운이 남았다. '가족 중에 아픈 사람이 있어 속상하다. 내가 해드릴 수 있는 게 없다. 실은 뭐라도 하지 않으면 못 견딜 것 같아 왔다. 나무 깎는 게 도움이 됐다. 마음은 어쩔 도리가 없는데 이건 깎는 만큼 바로바로 모양이 달라져서 좋았다. 사는 것도 뜻한 대로 이뤄지기만 하면 좋겠다. 사실 완성하지 못해도 상관없었다. 가만히 앉아 잠시 한눈팔 수 있어서 오길 잘했다는 생각이 든다. 감사하다' 이런 얘기였다.

가족이나 친구보다 하루 보고 말 사이에 무거운 마음을 풀어놓는 게 때로는 나을 수도 있겠다는 생각이 들었다. 아무 상관 없는 사이여야만 터놓을 수 있는 마음도 있으니. 주인공의 삶에 어떤 영향도 미칠 수 없는 타인이어서 다행이었고 작업실이 주인공의 마음을 받아주는 대나무 숲이어서 다행이었다. 나는 꼭 쾌차하시길 바란다며 뻔한 인사말을 건넸다. 주인공이 시야에서 멀어지자 드라마가 끝났다. TV 화면도 꺼지고 다시 내 세상으로 돌아왔다. 어떤 말을 해야 했을까. 달리 어떤 위로를 했건 닿기나 했을까. 위로가 필요하긴

했을까. 빨리 쾌차하길 바란다는 상투적인 말. 근데 그게 진심인걸. 너무 뻔한 진심이 깃털처럼 가볍게 느껴졌고 주인공의 처연한 독백이 더 무겁게 다가왔다.

　한 달에 적게는 두 번, 많게는 열 번. 집보다 익숙한 작업실에서 다른 인연을, 다른 인생을 만났다. 서로를 얼마나 위하는지, 누가 누굴 더 좋아하는지, 누가 누굴 업신여기는지, 어느 쪽이 갑이고 을인지 사람들의 관계가 보였고 시간을 즐기는 사람, 성미가 급한 사람, 완성을 즐기는 사람, 재치가 있는 사람, 집중력이 좋은 사람 등 각자 성격이 보였다. 사랑인지, 견제인지, 우정인지, 의무인지 감정이 보였다.

　서로에게 잘 보이고 싶은 남녀 편은 드라마 〈쌈마이웨이〉였고, 친구 사이 같은 엄마와 딸 편은 〈디어 마이 프렌즈〉였고, 얼른 회사로 복귀해 월말 결산을 해야 하는 부장님과 눈치 보는 주임님 편은 〈미생〉이었다. 오전에는 100일 된 이십대 커플의 달달한 로맨스를, 오후에는 10년 차 부부의 단단한 로맨스를 감상하며 사랑의 형태도 비교해봤다.

　정규반 수강생 외에 드나드는 이가 적은 작업실에서 무려 세 시간이나 다른 인생을 엿볼 수 있는 예고편 없는 드라마. 재방송도 없으니 절대로 본방을 사수해야 하는 재미난 원데이 클래스다.

속초에서 온 소녀

'정말 수강 등록을 하겠다고?'

이걸 말려야 하나, 말아야 하나.

장장 다섯 시간 버스를 타고 작업실에 찾아온 앳된 대학생이었다. 고향과 먼 타지에 와서 수업을 받겠다고 한다. 그것도 휴학을 하고 자취방까지 얻어서.

『여자목수』를 읽었다고 했다. 내 나름의 치열한 삶의 현장이 단어로 정리되고 문장으로 쓰여 세상에 드러난 후, 속초에 사는 한 대학생이 이를 읽은 결과는 정말이지 뜻밖이었다. 엄밀히 말하면 그 야심 찬 계획에 내 책임은 없지만, 소녀가 내 얘기에 공감했으므로 나는 소녀의 인생에 관계된 인물이었다. 공감은 소녀가 버스표를 끊고 걸음을 내딛게 했으며 나의 작업실 문을 여는 행동으로 이어졌다. 그 힘의 동력은 절실함이었을 것이다. 책 속의 인물과 내적 친밀감을 형성한 소녀는 스스럼없이 자신의 속내를 털어놓았다. 이전과 다른 삶을 살아가고 있음을 이야기하는 여자 목수들이 울타리를 깨부수라고 소녀를 종용하고 손에 도끼 한 자루를 쥐여주게 된 걸까.

현실 자아와 이상 자아의 혼란기이자 자신을 분해하고 해체하고 재구성하는 청년기에 당도한 소녀는 갑갑한 울타리를 뛰어넘고 싶다는 욕구를 강하게 느꼈을 것이다. 하필 그 시점에 우연히 집어 든 책에서 뛰어넘어도 된다는, 그래도 멀쩡히 (전보다 조금 더 확장된 평수의 삶의 둘레일 뿐이지만) 살아갈 수 있다는 희미한 가능성을 발견했다. 소녀에게 나는 하나의 사례에 해당했고 내적 동기를 활성화시키는 계기가 되었다.

기대에 젖은 소녀의 눈망울에 담긴 책 속의 실존 인물인 나는 '자기'라는 울타리를 뛰어넘은 사람이었고, 노동자의 땀과 목재 분진이 녹아든 일터는 '마침내 일궈낸 산물'이라는 긍정적 의미를 담은 작업실이었다. 실제로 뵈니까 떨린다며 날 신기하게 쳐다보는 눈빛과 수줍은 표정은 순수한 동경을 담고 있었고, 소녀와 나 사이에는 부끄러움과 민망함이 교차되면서 묘한 정적이 감돌았다. 나는 공연히 별 볼 일 없는 사람처럼 너스레를 떨며 대화를 이어나갔다. 첫 대면에 정말 이 일을 하고 싶은지, 목수가 되고 싶은지 묻기는 어려웠다. 목공방에 처음 와봤다는 소녀가 답하기 어려운 이야기는 물을 수 없는 것이 당연했다.

목가구를 만들며 살고 싶다면, 필요한 기술을 배우고 싶다면 소녀의 계획을 만류하고 싶은 게 솔직한 심정이었다. 가족, 친구와 떨어져 낯선 타지에서 홀로 지내며 아르바이트로 생활비를 충당하고 목공을 배우는, 그렇게 사서 고생을 할 만큼 뛰어난 시설을 갖춘 작업실도 아니었고 그걸 만회할 만큼 내가 대단한 목수도 아니었다. 이 정도 열의라면, 알음알음 수소문해서라도 강원도 내에 있는 좋은 목공방을 얼마든지 소개해줄 의사도 있었다. 하지만 소녀의 마음을 흔든 원인 제공자가 나라는 사실이 입을 틀어막았다. 자신의 세계를 구축하기 위해, 세상과 타협하지 않기 위해, 있던 세계를 붕괴시키고 살아가려는 용기를 내는 소녀의 기를 꺾을 수 없었다.

희망을 건 도전에서 절망을 맞닥뜨리고 침잠할까 염려스러웠지만, 반대로 그런 경험도 삶의 일부이므로 대수롭지 않기도 했다. 자신이 어쩔 수 있는 것과 어쩔 수 없는 것을 알고 선택하는 것, 거절할지 수용할지 결정하는 것도 생존에 필요한 정교한 능력이니까. 내 가치관대로 인생은 경험의 축적이라며 경험주의자적 태도를 취해야 할지도 조심스러웠다. 아무리 신중한 판단이라 한들 내 삶도 아닌 다른 삶에 방향을 제시할 자격은 나한테 없었다. 무엇보다 나 스스로가 타인에게 인생을 바꾸는 결론을 제시하는 입장이 되기를 원하지 않았다. 한 가지 명확한 건 경험은 기억이 되고 축적된 기억은 자신을 구성한다는 것이었다.

"하고 싶으면 해야겠죠. 돌아갈 길이 한참인데 조심히 가세요."

소녀는 '마침내 일궈낸' 장소에서 한 시간 남짓을 머물고 왔던 길을 되돌아갔다. 버스를 타고 다시 다섯 시간을 넘게 달려, 자신이 있던 세상으로 가는 소녀가 무사히 귀가하기만을 바랐다. 소녀를 배웅하고 방금까지 두 사람이 앉아 있던 자리로 돌아와 반쯤 마신 식은 차와 빈 의자를 마주 두고 앉아 이미 오래전 지나친 기차역 같은 청춘을 회상했다. 뜨겁게 뛰는 맥박을 지니고 청춘 한가운데 서 있던 소녀의 잔상은 과거의 나에게도 온기를 전했고 사나웠던 바깥 세계에 잡아먹히기 싫어 날뛰던 감각들까지 생생하게 복원시켰다. 나는 지난 삶의 여러 장면과 맥락 안에서 소녀를 이해했다.

도쿄로 날아가 유리를 배웠을 때를 생각했다. 국제전화로 입학상담을 했을 때, 수화기 너머로 느껴지던 공간은 홈페이지에 나온 주소 그대로 구글 맵에 검색하면 건물 외관과 주변 거리를 볼 수 있는 현실 세계였지만, 어째선지 무언가를 이룰 수 있을 것 같은 미지의 땅이자 이데아적 장소로 다가왔다. 1년 뒤, 그곳이 구체적으로 감각할 수 있는 실제 공간으로 내 울타리 안에 들어왔을 때, 적나라하게 보이는 삶의 모습은 안중에도 없었다. 시작을 말하는 낯선 공간과 사물들, 이를테면 일자 형광등 빛에 반짝이는 유리와 사람들의 땀 냄새 같은 것들이 지루했던 삶을 리드미컬하게 만들었고 그 순간 내가 거기 있음이 중요했다. 서류를 작성하고 수업료를 납부한 뒤 선생님의 뒤꽁무니를 졸졸 따라 들어선 곳에서 장인의 경지에 오른 사람들이 곡예를 하듯 유리를 불고 굴리며 작품을 만들고 있었다. 잔뜩 상기된 나는 그들 앞에 서서 '한국에서 유리를 배우고 싶어 왔다'라고 자기소개를 했다. 그들은 내가 그 전에 무얼 했는지, 유리가 왜 배우고 싶은지, 앞으로 무얼 할지 묻지 않았다. 미로 같은 연구소에서 길을 헤매거나 작업 중 버벅대면 어디선가 나타나 상냥하게 길을 알려주고 작업을 도와주었다. 간혹 한국 가요를 틀어주며 네가 여기 있다는 걸 알고 있어, 정도의 적당히 온정적인 마음을 써주었다.

지난 시절을 회상하며 내가 깨달은 것은 환대의 방식은 다양하다는 점이다. 누군가를 위해 내가 할 수 있는 일은 꾸믿없는 선한 모습으로 타인이 원할 때 내가 아는 것을 말하는 것, 조금 무심하게 있는 그대로의 나의 삶을 보여주는 것이다. 내가 소녀에게 내적 동기를 활성화시킨 계기가 되었든 도끼 한 자루를 쥐여주었든 간에 무언가를 해줘야 한다는 어설픈 책임감이나 오지랖을 부리지 말고 가만히 내 일을 하는 것으로 소녀를 환대하면 되었다. 소녀가 남긴 식은 차를 싱크대에 따라내며, 속초로 향하는 버스에 몸을 실었을 소녀가 어떤 결심과 선택을 하게 될지는 몰라도, 마음의 환대를 보냈다.

며칠 뒤, 소녀로부터 연락이 왔다.

"상담받은 그날, 자취방 계약했습니다."

"곧 뵙겠네요. 조심히 내려오세요."

인생의 갈림길에서 내리는 선택에는 옳고 그름이 없다. 선택을 대하는 옳고 그른 태도가 있는 거지. 꿈은 별처럼 아스라이 멀리 있지 않고 바람처럼 머리칼만 겨우 스치지도 않고 옷자락에 붙은 먼지처럼 하찮지도 않다. 소녀가 밤에는 양갱 같은 몽상 위에서 미끄덩거리다가 낮에는 시리얼처럼 바삭거리며 꿈을 좇을 거라는 걸 나는 느꼈다. 과거와 현재, 그리고 미래를 온몸에 싣고서 울타리를 넘어선 소녀가 온다. 신념은 원칙을 알려주고, 원칙은 행동을 자극하고 인도하며,

행동은 신념을 표현한다는 아드리안 파이퍼▲의 말을 어떻게
든 지키려고.

▲　미국의 사진작가.

이화에 월백하고

평창 나들목에서도 50분, 굽이굽이 산길을 올랐다. 이 길이 맞나 기억이 가물가물했다. 출장 때문에 우드플래닛 육상수 대표님과 일당백 멤버 현주와 함께 찾아간 적이 있는 길이었다.

"여기까지 왔는데, 가보는 게 어때? 그렇게 안 멀어. 오늘 휴일이긴 한데 있을 거야."

육 대표님과 안부 전화를 주고받을 때면 가끔 '그곳'에 대한 이야기를 했었다. 어마어마해, 가보면 안다는 표현으로 기대치를 한껏 올려놓았으니 그의 제안에 솔깃보다 덥석에 가까운 긍정의 눈빛을 보내며 화답했다.

"오! 저야 가보고 싶지요."

육 대표님이 그곳의 사장님에게 전화를 걸어 방문 의사

를 밝히는 동안 좀 전에 있었던 평창군수와의 어색한 만남과 여자 목수 둘을 향한 미심쩍은 눈초리쯤은 시원하게 잊어주었다. 육 대표님은 영업 휴무일에도 그곳을 방문할 수 있는 사장님의 지인이었고, 나는 지인의 동행인이란 이유로 휴무일 방문 티켓을 얻었으니 염치 불고하고 마냥 들떠 설렜다. 그곳은 강원도 여행객들 사이에서 소문이 자자한 곳이기도 했다. 오픈 시간부터 한 시간씩 줄줄이 대기하며 커피 한잔을 마시는 곳, 하지만 방문객 모두가 불평불만 하나 없이 언젠가 또 올 거라며 좋은 기억을 가지고 떠나는 희한한 곳이었다.

나도 그랬다. 그로부터 꼭 다시 오리라 생각한 지 꼬박 3년 만에 듬성듬성 떠오르는 기억에 의지해 '맞다, 여기 같아' 하다가도 내비게이션을 불신하고 '이 길이 아닌가?' 의심하며 목적지를 향했다. 산골 마을 마지막 정류장을 지나치고 비포장 외길을 오르고 자작나무가 줄지어 서 있는 공터에 진입하고서야 '여기 맞네' 하며 안도했다. 절대로 우연히 찾아갈 수는 없는 '이화에 월백하고'와 상봉했다.

청옥산 숲속에 자리한 카페는 무성한 나무와 풀숲에 싸여 비밀스러운 이야기가 숨겨져 있을 것만 같았고, 정갈한 돌담과 돌계단과 나무로 짠 미닫이문이 서정적인 풍경을 자아냈다. 달밤에 새소리를 들으며 봄의 정취에 빠져 있음을 노래

한 고려의 문신 이조년의 시조 「이화에 월백하고」를 읊기에 더없이 좋은 곳이었다. 하지만 평창에서 가장 이르게 땅거미가 지고 가로등 불빛 한 점 들지 않는 산중인 탓에 카페 주인장만 달빛 샤워를 하며 두견새 울음소리를 들을 터였다.

어제오늘이 다르게 변화를 추종하는 세상에서 변함없이 그 모습 그대로인 카페는, 이곳의 시간은 시계가 아니라 계절로 나뉜다는 듯 아주 천천히 세월을 만들어가고 있었다. 다섯 명만 들어가도 복작복작한 아담한 실내는 여전히 작은 목물과 LP로 가득했다.

3년 전 만났을 때, 사장님은 우여곡절 끝에 건물을 올려 카페와 작업실을 만들고도 별다른 홍보를 하지 않았다고 했다. 그러다 한 방문객이 다녀간 것을 계기로 입소문을 타며 손님들이 찾아오기 시작했고 평창에 가면 꼭 방문해야 하는 이색적인 장소로 인터넷상에 일파만파 알려졌다.

육 대표님이 말한 '가보면 안다'의 의미는 초감성적 자극을 받게 될 거라는 뜻이었다. 중년에는 대청호수변에 소박한 작업실을 꾸리고 나무를 깎으며 살겠다는 작고도 거대한 미래 계획을 가진 청년이 바라본 이화에 월백하고는, 도시와 전원생활을 겸하는 4도 3촌의 생생한 현장, 생계 걱정 덜고 작업할 수 있는 최소한의 여건, 아카데믹한 작업 틀을 깨는 작업자의 예술 감각이 한데 어울려 동경심을 일으키는 곳이었다. 암만 내달려도 나아가지 못하던 지지부진한 일상에 활력을 주었고 피안彼岸의 상징적 장소였던 대청호수변의 작업실이 머지않아 손에 닿을 듯했다. 지칠 때마다 추억하며 위안을 얻었던 곳에 다시 와보니, 전에 하지 않았던 다른 생각이 들었다. 사장님은 전국 팔도에서 찾아오는 손님들로 숲속의 번영을 이룰 생각이 없었을 것이다. 추측하건대 원래는 부부만 쓰는 아지트로 작업실 겸 숙소를 먼저 구상하고, 어쩌다 오가는 나그네의 목을 축여줄 요량으로 옹달샘 같은 작은 카페를 생각하지 않았을까. 그래서 사람들 눈에 잘 띄지 않는 숲속에 숨겨놓듯 터를 잡은 게 아니었을까. 21세기 이 조년이 되어 풍류를 즐기며 여생을 보내고 싶었던 거라면 애석하게도 사장님 뜻대로는 안 된 것 같다. 전보다 더 유명세를 치르고 있으니.

어쩌면 사장님은 '그때'를 기다리며 오는 사람 안 막고 가는 사람 안 잡으며 한 시절을 즐기고 있을지도 모르겠다. 굳이 편한 길을 마다하고 찾아오는 인연에 대한 고마움도 한몫했겠지. 분주함 속에서도 방문객과 눈을 맞추며 담소를 나누길 즐기시니 그 속내는 알 수 없다.

커피 한 잔을 마시려고 국토 중앙을 대각선으로 가로지른 것은 아니었다. 진흙처럼 꿀렁거리는 연약한 결심을 단단히 굳혀야 했고, 다시금 마음에 불을 지피기 위해 연료 같은 자극이 필요했다. 사장님이 커피를 내리는 동안 카페 내부를 둘러보는데 그가 만든 목물 뒤로 자세히 보지 않으면 소설 한 쪽을 그대로 옮겨 적었다고 여길 만한 장문의 글이 적힌 종이가 눈에 들어왔다.

미술용어 중에 '브리콜라주'라는 것이 있습니다. 브리콜라 주는 늑장 부리다, 쓸데없는 짓을 하다 그런 의미를 지닌 프랑스어 '브리콜레'에서 유래되었다고 하는데요. 다른 작 품에서 발췌하거나 인용한 것들을 새로운 작품으로 만들 어가는 기법을 말합니다. 좀 더 실용적으로는 우리 주변에 있는 흔한 재료들을 창조적으로 재활용하는 능력이라는 의미를 가지고 있습니다. 브리콜라주의 대가는 아프리카 원주민들이었다고 하지요. 그래서 브리콜라주에는 주어진 재료로 최고의 작품을 만드는 인디언의 기술이라는 뜻도 있습니다.

아하, 사장님의 작업은 브리콜라주에 기반하는구나. 언 뜻 보면 단순히 용어를 설명하는 것 같지만 그가 무엇을 만 드는 사람인지, 작업 방식과 철학은 무언지 슬쩍 안내해주고 있었다. 작품 뒤에 숨은 글은 많은 걸 내포했다. 자신을 드러 내려 장황한 미사여구를 붙여 나열하는 작업자의 욕망은 결코 찾아볼 수 없었고 타인의 시선에 개의치 않고 작업을 이어가는 작가의 묵직한 기백 같은 것이 느껴졌다. '적어는 놓을 텐데, 보든지 말든지'에 가까운 무심하고도 친절한 글을 읽으며 세상사에 관심과 욕심을 멀리하는 사장님 내외의 초연함을 엿봤다. 물론 나의 오해일 수도 있다. 브리콜라주에서 시선을 거두고 고개를 돌리자 벽에 걸린 김환기의 점화 그림 한 점이 보였다. 그 순간 이화에 월백하고를 지키는 이들 부부가 추상화의 거장 김환기와 아내 김향안의 관계와 비슷하다고 느꼈다.

카페 건물과 다섯 걸음 떨어진 작업실 겸 생활공간에서 남편은 죽은 나무와 종이컵, 코르크 같은 주변에 있는 흔한 재료들을 가져와 신선한 미감을 주는 일상의 물건을 만들고 부인은 메뉴판과 안내문, 잠언이 적힌 크고 작은 메모지에 손수 글씨를 쓰며 지낸다. 함께 성장해야 함부로 시들지 않는다는 김향안의 말처럼 두 사람은 같은 보폭으로 나란히 삶을 걸어가고 있었다. 내 작업실의 청사진이었던 이화에 월백하고가 달리 보였다.

이곳은 부부의 연합적 사랑이 가꾼 수향산방樹鄕山房 같은 곳이었다. 누구나 한 번쯤은 꿈꾸는 숲속의 카페, 숲속의 작업실, 숲속의 삶. 그러나 좀처럼 시도해볼 엄두가 나지 않는 생활을 부부는 서로에게 의지하여 차근차근 일궈갔다. 그리고 곱게 살자던 김환기와 김향안의 약속처럼 이화에 월백하고를 만들고 그 안에서 그들만의 고운 삶을 이어가고 있었다. 서로를 위해 기꺼이 헌신하고 화합하는 터전에서 이들의 원숙한 사랑이 공간에 스며들어 감성이나 취향으로만 설명할 수 없는 분위기를 조성한 게 아닐까. 불특정 방문객으로부터 '다시 찾고 싶다'는 공통적인 소감을 끌어내는 힘도 거기 있을 것이다. 이곳은 세월을 만들어가고 있다는 나의 감탄도 괜한 것은 아닌 것 같았다.

첫 방문 때 눈에 보이는 시각적인 것들에 사로잡혀 정작 알아보지 못한 것을 차분히 음미했다. 결국 나다운 삶은 또렷하게 자기 정신 속으로 걸어 들어가 균형을 잡고 합일을 이루는 데에 있었다. 수향산방과 이화에 월백하고가 그들다운 삶인 것처럼. 이화에 월백하고 외관에서 풍겨지는 비밀스러운 이야기는 내게 그런 내용이었다.

또 오라고 말하지 않는 사람과 또 오겠다며 인사를 하지 않는 사람이 나누는, 미련을 두지 않는 작별 인사 후, 돌계단을 밟고 내려왔다. 시원한 산바람이 불어오고 청명한 풍경소리가 들렸다. 많은 삶이 오가는 이화에 월백하고에서 다음엔 누가 어떤 이야기를 발견하게 될는지. 가는 길 요기하라며 챙겨준, 못나도 맛은 좋다던 토마토를 한 입 베어 물고 군

청빛으로 덮인 하늘을 보며 김환기의 그림을 떠올렸다. 어디서 무엇이 되어 다시 만나랴.

아날로그 손맛

날물▲ 연마

조각도와 대팻날을 연마했다. 식당으로 치면 가게 문 열기 전 재료 준비다. 작업에 필요한 수공구를 골라 날물 상태를 살피는 것이 수업 준비의 시작이다. 내일모레 초등학교 선생님들을 대상으로 단기 클래스를 한다. 선생님 한 분에 조각도 네 자루, 서각도 한 자루, 남경대패 한 개가 필요하고 내가 쓸 수공구를 포함하면 대략 30개의 날을 연마해야 한다. 대팻날을 대팻집에서 분리하고 조각도를 한 자루씩 꺼내어 보석 감별사처럼 날물 끝을 예리하게 관찰했다. 작업실

▲ 끌, 조각도, 대패 등에 쓰이는 날들의 총칭이다. 대패에서 어미날과 덧날, 끌과 조각도에서 자루를 제외한 부분을 날물이라고 한다.

에 굴러다니는 자투리 나무를 찾아 조각도를 밀어보면 대부분 쓸 만한 수준이었다. 괜찮네, 이번엔 그냥 넘어갈까 갈팡질팡하는 사이 불쑥 나타난 양심이 '정신 안 차렷!' 하고 호되게 핀잔을 줬다. 양심은 혼자 있을 때, 작업할 때, 작업을 준비할 때 가장 뚜렷하게 자기 목소리를 냈다. 요령 없는 비전문가에게 나무가 단단해서 그렇다는 핑계를 댈 수는 없다. 날물이 좋으면 단단한 나무도 채칼에 무 썰듯 쭉쭉 나가니까. 나는 주인에게 혼나 기죽은 강아지처럼 입 다물고 쪼그려 앉아 30개의 날을 연마하기 시작했다.

떳떳하게 인생을 가꿔가며 살고 있지만 가끔은 타협할 줄 모르는 성질머리 때문에 피곤할 때가 있다. 일종의 완벽주의적 인생 결벽인데 뜻한 바가 있으면 실천해야 하고 다짐했으면 지켜야 했다. 도무지 넘기 어려운 인생의 산을 만났을 때도, '하고 싶은 일에는 방법이 보이고 하기 싫은 일에는 핑계가 보인다'는 격언을 꾀병을 치료하는 만병통치약, 정직함에 힘을 불어넣는 자양강장제, 신념을 지키고 정의를 구현하는 행동 명령 지침서로 삼았다.

양심의 사전적 뜻은 '사물의 가치를 변별하고 자기의 행위에 대하여 옳고 그름과 선과 악의 판단을 내리는 도덕적 의식'이라고 한다. 그런데 고작 날물을 연마할 것이냐, 말 것이냐를 두고 양심을 깨워낸 자신이 더없이 한심하고 못마땅했다. 작업자가 응당 해야 하는 일에 양심이라니. '수양이 덜 됐어, 또 그러는 거야? 넌 아직 멀었다, 여태 뭐 하고 살았니!' 양심은 나에게 세차게 야유를 퍼부었다. 졸지에 두들겨 맞은 말캉한 정신이 실망한 양심을 만족시키려고 적정선도 없이 기를 썼고, 밤에 찾아올 두려운 징벌 또한 예감했다. 망부석처럼 앉아 꼼짝 않고 서너 시간 날을 갈고 나면 퇴행성 디스크를 앓고 있는 목의 통증이 심해져서 두통이 오고 의식이 몽롱해졌다. 결국엔 밤잠을 설치고 할 수만 있다면 바비 인형처럼 목을 뺐다가 다시 끼우고 싶을 지경의 예민함으로 아침을 맞는 일이 허다했다.

"아! 목 아프다." 혼잣말이 절로 나왔다. 뭔가 지친 듯, 지겨운 듯, 다했다는 듯, 개운하다는 듯 감정 호소를 하고 싶은데, "모가지 드럽게 아프네!" 정도는 해야 속이 후련하겠다. 도 닦는 심정으로 마지막 한 자루까지 연마하고 뻣뻣한 손을 주물럭거리며 짧은 미래를 내다봤다. 다음 주 이 시간에도 30개의 날을 갈고 있을 것이다. 역시 목이 아프겠지. 하지만 양심은 떳떳할 것이다.

공예DNA

CNC[4]는 1952년 미국 MIT에서 최초로 개발되었고 3D프린터**는 미국 3D시스템즈사가 1980년대 초반에 개발했다. 기술의 진보는 CNC를 대량생산의 왕좌에, 3D프린터를 시제품 제작의 왕좌에 올려놓았다. 마찬가지로 목 빠지게 앉아 숫돌이나 다이아몬드 플레이트에 날을 갈지 않고도 일정한 각도로 세 배는 더 빠른 속도로 연마할 수 있는 탁상용 습식 그라인더가 날물 연마계의 왕좌에 있다. 신세계를 열어준다는 기계들이 보편화된 시대에 온오프 버튼만 누르면 쉽사리 할 수 있는 일을 세 시간씩, 3주 혹은 세 달에 걸쳐 맨손으로 해내는 내 모습은 내가 봐도 답답한 구석이 있다. 저래서 어떻게 먹고사느냐, 사서 고생한다는 소리가 나온다면 적극적으로 긍정하며 맞장구를 칠 수 있다. "그러게 말입니다."

연말연시 인사를 나누다 이어지는 근황 토크 중에는 빠지지 않는 단골 질문이 있다. '잘되니?' '잘 팔려?' 오랜만에

▲ Computer Numerical Control. 프로그램 수치 제어 시스템을 갖춘 자동화 공작 기계로, CNC 가공으로 만든 제품은 원래 디자인과 동일하기 때문에 일관된 규격과 품질로 양산이 가능하다. 복잡한 형상의 공작물이어도 높은 정밀도로 짧은 시간에 다량의 생산이 가능하여 생산 효율성이 높고 노동력을 절감할 수 있다. 금속, 목재, 유리, 플라스틱 등 다양한 재료에 적용할 수 있어 광범위한 산업 분야에 쓰인다.

▲▲ 수치 제어 프로그램을 바탕으로 적층식으로 3차원 물체를 만들어내는 기계. 비교적 생산 비용이 저렴하고 제작 시간도 짧다. 구현 가능한 형상의 자유도가 높고 금형을 쓰지 않아도 되기에 시간과 비용을 절약할 수 있다. 저렴한 비용으로 모크업을 만들 수 있어 다품종소량생산이 필요한 경우에 유용하다. 생산성과 정밀성, 소재가 발전함에 따라 작게는 음식, 피규어에서 크게는 의료, 자동차 부품까지 제작한다.

연락이 닿은 지인과의 휴대전화 속 대화창을 가만 들여다보니 그는 목공의 제품을 보는 시장의 눈이고 나는 목공의 행위를 보는 작업자의 눈이라는 걸 새삼 느꼈다. 만약 고효율, 저노동력, 생산성을 추구했다면 진즉에 CNC를 사고 탁상용 습식 그라인더를 샀을 것이다. 하지만 신체적 고통이 뒤따르는 수고보다 경제적가치로 환산할 수 없는 손맛에 매료되어버렸다. 언젠가는 작업실 한편에 이들을 들여놓고 허드렛일을 떠맡길 수도 있겠지만, 나날이 아날로그 노동을 사랑하고 있는 작업자로서 그 언젠가가 도통 그려지지 않는다. 기계기술이 진보하는 만큼 직업 상실을 걱정하는 지인들에게 구구절절 설명할 수 없는 아쉬운 마음에 내 견해를 몇 자 적어본다.

단언컨대 손으로 먹고사는 사람들이 굶어 죽을 일은 없다. 제아무리 기술이 발전한다 해도 인류의 공예 DNA는 증발하지 않을 것이다. 인류는 목적에 따라 의도적으로 만든 도구를 사용하며 진화해왔다. 재료나 모양 등 도구의 특징을 기준 삼아 구석기, 신석기, 청동기, 철기로 세분화한 선사시대는 인류 역사의 95퍼센트 이상을 차지하는 긴 시간이었다. 더군다나 인류는 동굴 벽에 그림을 그려 사냥법을 기록한 것만으로 성에 차지 않아서 기호와 문자를 만들어 자기 의사를 표현하고 전달한 지능형 동물이다.

18세기부터 21세기까지 약 300년 남짓의 근현대에 이르러 목적에 따라 의도적으로 만들어진 기계들은 이전 시대보다 진화된 도구일 뿐 인간의 원초적인 욕망(무엇인가를 만들거나 자신을 표현하려는 강렬한 욕구)을 해치거나 충족할 수는 없다. 약 300만 년 전 짐승의 뼈로 도구를 만들어 사용한 최초의 인류로부터 전해져온 공예 DNA가 인류 역사의 0.1퍼센트에도 미치지 않는 이 시대에 와서 한여름 아침 안개처럼 쉬이 증발할 수는 없을 것이다.

사람 손을 대체하는 고도의 기계가 개발되고 선사시대만큼의 긴 시간이 지나고 또 지난 후에 사람 손이 물고기 지느러미처럼 퇴화한다면, 그제야 공예의 피는 수만 년에 걸쳐 서서히 식어갈 것이다.

쓸모를 위함이든, 표현을 위함이든, 생계를 위함이든, 손과 도구를 사용하는 행동과 그로써 표현하는 일은 인간의 본능이자 쾌락이다. 수공예가는 계속해서 지구상에 등장할 것이다. 목공을 비롯한 갖가지 공예가 발전을 거듭하고, 싸고 질 좋은 공산품을 마다하고 공예품을 택하는 수요가 증가하고 있는 현상은 기계 기술의 진보와 무관하다.

아이는 인형의 머리를 땋고 레고를 조립하여 성을 짓고 크레파스로 앙증맞은 그림을 그렸다. 그 아이가 자라서 된 어른, 그러니까 나는 가구와 소품을 만들고 나무를 깎아 심상을 조각한다. 일당백 멤버 제은과 현주도, 작업실 수강생들도, 도자기를 굽는 엄마도 모두 손을 사용하는 호모하빌리스$^{Homo\ habilis}$이자 도구를 사용하는 호모파베르$^{Homo\ faber}$인 것이다. 우리 몸속에는 공예 DNA가 흐르고 있다. 그 옛날 옛적 동물적 본능과 감각이 내 몸속에 흐르고 매일 꿈틀댄다. 공예의 피는 기술보다 진하다. 이것이 손으로 무언가를 만들며 먹고사는 사람이 기계에 밥그릇을 빼앗길 일은 절대 없다고 믿는 이유다.

아홉 살로 돌아가기 연습

그렇다고 해서, 만듦을 시작하기 전에 행하는 의식과도 같은 날물 연마가 만드는 것만큼이나 재밌다는 건 아니다. 날물을 연마하는 시간은 몸과 마음이 일치하여 침묵으로 이행하는 명상에 가깝다. 머릿속을 활개 치고 다니는 온갖 잡념들(아침 빨래를 널고 나왔는지 기억을 더듬고, 이따 저녁엔 뭘 먹을지 입맛을 다시고, 어제 본 영화 줄거리를 곱씹는다거나 하는 잡다한 생각들)을 떨쳐내려 애쓰고 날물 끝이 균일한 각도로 예리하게 서는 것에 온통 집중하는 수행을 꾸준히 반복하는 것이다.

어지간히 할 만하면 생계 앞에서 연습은 뒷전이 되기 일

쑤였다. 일하다 보면 저절로 다져지는 기본기와 쌓이는 경험치가 있으니 그걸 믿고 유야무야 넘어가는 것들, 하지만 억지로 시간을 내어서 꾸준히 해야 하는 것들이 있다. 그중 하나가 날물 연마였다. 의도치 않게 수업 준비란 핑계로 반 억지로 했던 날물 연마는 자연스레 연습이 되었다. 한 달에 단기 클래스 서너 건이면 100자루의 날을 연마하는 셈이었다. 뒷날이 평평하고 앞날에 각이 있는 창도, 둥근 환도와 납작하고 둥근 아사도 종류는 연마하기가 쉬웠다. 까다로웠던 건 양쪽에서 중앙으로 날이 모이는 서각도였다. 분명 한쪽 면은 배가 나오지 않고 날이 잘 서게 가는데, 반대쪽 면은 매번 배가 나오고 둥글어졌다. 안 되겠다 싶었다. 서너 시간 내리 이어지는 따분하고 지루한 명상, 양심에 볶여 의무적으로 준비하는 날물 연마에 재미난 과제를 부여했는데 그것은 '아홉 살로 돌아가기 연습'이었다.

손등에 남은 촉각, 아픈 건 아닌데 주춤하게 하는 강도의 자극이 어렴풋이 기억난다. 은색 젓가락이 왼쪽 손등에 톡 닿았다가 멀어졌다. 앉은키가 밥상보다 30센티미터 정도 높았을 때이니 대여섯 살쯤 되었을 거다. 오물오물 밥을 먹다가 놀란 나는 영문을 모르겠다는 눈으로 할아버지를 쳐다봤다. 은은한 살굿빛 한복 조끼를 입은 할아버지는 턱에 흰 수염을 매달고 "오른손으로 먹어라" 하셨다. 진실로 모르는

일이었다. 오른손에 쥐고 있던 숟가락이 순간이동이라도 했
는지 왼손에 있었다. "내가 한 게 아니에요." 나는 웅얼거렸
다. 정말 내가 한 게 아닌데 내가 한 것도 맞았다. 무의식중
에. 무의식이란 단어를 알 리도 없으니 세상 억울한 표정을
하고 오른손으로 숟가락을 잡았다. 억울하고 못마땅하여 입
술을 삐쭉빼쭉거리니 할아버지 곁에 앉은 할머니가 내 새끼
얼른 먹으라며 생긋 웃었다. 유년 시절, 왼손잡이가 되려는
양손잡이의 최초의 수난이었다.

좀 더 자라 학교에 갔고 2학년이 되었다. 양손잡이의 덕
을 톡톡히 누린 기억은 그때의 것이다. 그때까지만 해도 내
게는 오른손이 아프면 왼손으로 하고 왼손이 귀찮으면 오른
손으로 하는 능력이 있었다. 쉬는 시간 짝꿍이랑 쎄쎄쎄를
하고 노는데 뒷자리에 앉은 친구가 찬물을 끼얹는 말을 했
다. "너네, 숙제 다 했어?" 불길함이 엄습했다. 한자 다섯 자
를 50번씩 쓰는 숙제가 있었다는 말에 푸른 하늘 은하수 하
얀 쪽배는 긴장감과 두려움 속으로 가라앉았다. 짝꿍은 치밀
하게도 숙제를 다 해왔다며 나를 배신했다. 몇 시간 뒤에 플
라스틱 자로 손바닥을 따끔하게 맞을 생각에 마음이 초조했
다. 공책을 집에 놓고 왔다 거짓말을 해도, 숙제를 안 했다고
사실대로 고백해도 창피함과 고통을 맛볼 게 분명했다. 되든
안 되는 일단 무모한 도전을 시작했다. 윙크하는 쥬쥬가 그

려진 연분홍색 사각 필통에서 엄마가 깎아준 연필 두 자루를 꺼냈다. 한문 공책을 활짝 펴고 양손에 쥔 연필로 네모반듯한 빈 칸을 동시에 채워 넣었다. 얼마나 정신이 없었는지 간식으로 나온 흰 우유도 먹지 않았고 짝꿍이랑 뒷자리 친구가 쎄쎄쎄를 해도 개의치 않았다. 불굴의 의지 덕분에 교탁 앞으로 나가 친구들 앞에서 손바닥을 맞는 수치를 면했고 아픈데 아프지 않은 척 자존심을 세우는 일도 벌어지지 않았다.

가끔씩 잃어버린 재주가 몹시 탐이 났다. 지금 딱 그 재주가 필요한데……. 겨우 매 맞지 않는 용도로 쓰고 버린 것에 미련이 남았다. 30년의 세월을 거슬러 올라가 "야, 그거 대단한 재주야. 혼나도 기죽지 마!" 말해줄 수 있다면. 그래서 오른손 왼손 골고루 쓰며 컸더라면 정말 좋았을 것 같다. 반복 작업으로 오른손 마디가 저릿하게 아플 때, 서각도 양면을 균일하게 갈고 싶을 때, 톱질하는 자세가 어딘가 불편할 때, 심부조 작업하다 칼 각이 안 나와 고심할 때 그 재주가 요긴하게 쓰일 텐데. 손으로 먹고사는 사람한테 양손을 자유자재로 쓸 수 있다는 건 무기가 하나 더 느는 게 아닐까.

암만 퇴화했어도 내가 타고났던 것이니 하다 보면 될 수도 있다. 아홉 살의 재주를 되찾아야겠다. 뜻을 세웠으면 실천해야 하는, 하고 싶은 일에는 방법이 보인다고 믿는 성격이 추진력을 발휘했다. 서각도 하나를 망칠 각오를 하고 오른손 왼손 번갈아 연마 연습을 했다. 작업하다가 왼손 각이 안 나오면 오른손으로 고쳐 잡아 나무를 깎았다. 오른손이 잘하는 걸 왼손으로 하고 왼손이 잘하는 걸 오른손으로 하면서 제법 어느 손이 한 일인지 구분이 안 될 만큼 서각도를 갈 수 있게 되자 밥을 먹지 않아도 정신은 배부른 아날로그 노동의 손맛이 배가됐다.

산벚나무 시계함

　　층층이 쌓아놓은 제재목 중에 마음에 드는 산벚나무를 찾느라 한 장을 꺼내어 살펴보고 넣고 다른 한 장을 꺼내보고 넣기를 여러 차례, 설계도를 작업대에 올려두고 목재 보관대 앞에서 한참을 끙끙댔다. 다 예쁜 나뭇결 중에 더 예쁜 나뭇결을 찾으려고 애쓰는 걸 그녀는 알까. 언젠가는 꼭 만들어주리라 했던 시계함을 만들기로 했다. 하루 이틀이면 할 수 있는 작업을 2년 가까이 미룬 것은 불현듯 그녀의 얼굴이 떠오르면 여지없이 상실감에 무너지던 내 연약한 마음 때문이었다.

　　할머니는 따뜻한 볕이 드는 봄에 꽃놀이를 가고 싶었던 것 같다. 나무 밑동에 쌓인 눈이 아직 녹지 않았는데 나한테 잘 있으란 말도 없이, 간다는 인사도 없이 떠났다. 기억의 편

린 위에 차곡차곡 그리움만 덧칠하며 살다가 한 번씩 참지
못하고 터져 나오는 사무침에 일기를 끄적였다.

> 그녀의 마지막 모습이 생각난다. 정확하게는 내가 본 마지
> 막 모습.
> 그 고단했던 생에서 행복했던 순간이, 이루지 못한 꿈이,
> 응어리진 한이 무엇이었는지 단 한 번도 그녀에게 물은 적
> 이 없다.
> 이제라면 우린 아주 많은 얘기를 할 수 있을 텐데.
> 그녀 곁에 꼭 붙어 앉아 손을 잡고 눈을 맞추고 볼을 부비
> 고 싶다.
> 사랑받고 살아남은 마음은 무너진다.
> ─2019년 12월 28일

내게는 늘 할머니였던 그녀와의 만남은 짧았다. 그녀가
떠나고 한참이나 지나고 나서야 여인이었던 그녀를 보았고,
엄마였던 그녀를 느꼈고, 소녀였고 딸이었던 그녀를 조금씩
이해했다. 살아감으로써 이해하고 더 사랑하게 되었기에 너
무 늦게 알아버린 사랑은 회한이 되어 계속 내 주위를 맴돌
았다. 그녀가 떠난 지 15년쯤 지났을 때 아버지는 간직하고
있던 할머니의 손목시계를 내게 주셨다. 당신 어머니의 유

품을 자식에게 건네주는 게 어떤 의미인지 지금도 잘 모르겠다. 남몰래 닭똥 같은 눈물을 흘리는 설움을 아셨던 건지, 비로소 어머니를 가슴에 묻었으니 물건 따위야 아무래도 상관없어진 건지, 그도 아니면 너무 귀해서 당신을 이어 긴 세월 소중히 간직하길 바라신 건지……. 가타부타 말도 없이 딸이 보관하거라 하신 아버지의 의중을 헤아려보려 해도 잘 모르겠다.

기억 속 그녀의 손목에는 늘 시계가 있었다. 은은하게 빛나는 자개경대 앞에 앉아 시집올 때 신랑이 준 은비녀를 쪽머리에 꽂을 때도, 봉숭아 꽃씨가 터지는 한낮에 처마 밑에서 키를 까불러 깨를 털 때도, 어린 쑥을 뜯어 쌀가루에 반죽해 둥글납작하게 개고 솔잎을 뿌려 가마솥에 떡을 쪄낼 때도, 들기름을 발라 반질거리는 떡 중에 제일 예쁜 것을 골라 맛나다며 내 손에 쥐여줄 때도, 평생을 함께한 남편이 잠든 묘와 머지않아 자신의 것이 될 가묘 사이에 앉아 구슬피 울 때도 은색 손목시계는 그녀의 손목 위에서 쪼글쪼글한 살갗을 감싸고 있었다. 귀퉁이가 깨져 거미줄처럼 실금이 퍼진 유리판과 끊어질 듯 위태롭게 매달려 있는 줄이 세월을 대신 말해주는 낡은 시계는 그렇게 그녀의 귀한 '손지딸'인 내게로 왔다. 한동안 그녀의 시계는 동그란 원을 그리며 아버지의 시간과 함께 흘렀을 것이다. 시계는 언제부터 멈춰 있던 걸까. 시곗바늘이 멈췄을 때 그녀의 영혼마저도 여길 떠나고 무로 돌아간 걸까. 시계는 3시 51분 9초에서 정지한 채 어떤 미동도 하지 않았다. 태엽만 감아주면 시곗바늘은 1각씩 몸을 틀며 제 역할을 다할 테지만 그녀의 시간이 다시 나와 함께 흐르지는 않을 것이었다. 볼품없이 깨진 유리판을 갈고 너덜거리는 줄을 고칠까도 생각했으나 망설여졌다. 왠지 곤히 잠든 그녀를 흔들어 깨우는 것 같아 관두었다.

학교 가서 한글을 배우고 그림을 그리고 운동회도 하고 소풍 가서 김밥도 먹고 좋아하는 참외도 실컷 먹고 친구들과 신나게 고무줄놀이를 하고 있을 텐데. 그러느라 바빠서 꿈속에도 찾아오지 않는 그녀의 오랜 잠을 지켜주고 싶었다. 집안 어른들이 말씀하셨다. 꿈에 나오지 않는 건 잘 떠나셨기 때문이라고. 남은 사람을 위로하기 위한 말이지만 어쩐지 그 말만은 철석같이 믿고 싶었다. 너무 자주 생각하면 편하게 못 가신다는 말씀도 했다. 전생이나 환생을 믿지 않으면서도 내내 그 말이 마음에 걸려서 나 때문에 가시는 길 편하지 못할까 봐 걱정되었지만, 어쩔 수 없이 생각이 나고 또 생각이 나서 서러웠다. 한 숟가락만 더 드시면 자고 가겠다는 말에 밥 한 숟가락을 냉큼 삼키던 모습이 아른거려서, 약속을 어기고 병실을 빠져나온 못된 손지딸이 이제는 할머니의 가는 길마저 막는 것 같아서 목이 멨다.

집에 돌아와 아버지한테 건네받은 손목시계를 책장 선반 위에 올려놓고 물끄러미 바라봤다. 그녀를 잃었고 잃어가면서 복받쳐 올랐던 감정이 이상하리만치 시계 앞에서는 차분했다.

'할머니는 꿈이 뭐였어? 열다섯에 시집오고 나서 엄마 아빠 만난 적 있어? 그땐 사진도 없었잖아. 많이 보고 싶었겠다. 큰고모랑 놀다가 집안일 안 한다고 시어머니한테 혼났다며. 그런 재밌는 얘기는 왜 안 해줬어. 할머니는 소주 잘 마신다며. 나는 할아버지를 닮았나 봐. 술을 못 마셔. 밤늦게 노래 부르면 순사가 잡아간다 했지. 시끄러워서 그런 줄 알았는데 정말이더라. 어떻게 그 힘든 시절에 여덟 자식을 키웠어. 할머니 무슨 꽃 좋아해? 다음에 갈 때 사 갈게.'

공허했다. 침묵 뒤로 따라붙는 상실감마저도 공허했다. 죽음도 망각도 적응도 자연의 순리라는 걸 알지만 그녀에 관한 망각만큼은 거부하고 싶었다. 하지만 그녀 없이 산 세월이 그녀와 함께한 세월을 앞질러가면서 차츰차츰 기억은 희미해졌다. 망각의 바다로 가라앉은 기억을 길어 올려 잃어버린 그녀를 되살려내고 싶었다. 시간으로, 이미지로, 단어로 그녀를 알고 이해하고 싶어서 그녀가 살았던 날들을 좇기 위해 노트북 전원을 켰다.

1918년, 그녀는 일제강점기에 태어났다. 그해에는 제1차 세계대전이 종전했고 영친왕 이은과 일본 황족 나시모토노미야의 혼인이 발표되었다. 안창호, 이승만이 미국 워싱턴에서 공립협회를 조직했다. 오스트리아 화가 구스타프 클림트와 에곤 실레가 사망했다.

그녀가 한 살이 되던 해, 대한제국 고종 황제가 덕수궁에서 승하했다. 유관순 열사가 천안 아우내장터에서 만세 운동을 지휘하다 체포되었고 국호를 대한민국으로 하는 임시정부가 중국 상하이에서 수립되었다.

열 살이 되던 해에는 미키 마우스가 세상에 처음 알려졌다. 미국 미래학자 앨빈 토플러가 태어났다.

스무 살이 된 해, 사우디아라비아에서 처음 석유가 발견되었고 중일전쟁이 격화되었다. 이듬해 제2차 세계대전이 발발되었다.

그녀의 스물일곱, 아돌프 히틀러가 자살했고 미국이 일본 히로시마에 핵폭탄 리틀 보이를 투하했다. 윤동주와 송몽규가 사망했고, 8월 일제강점기에서 벗어나 해방을 맞았다.

서른둘, 6월 25일에 한국전쟁이 발발했고 3년간 민족상잔의 비극을 겪어야 했다.

1959년, 그녀는 마흔하나의 나이에 내 아버지를 낳았다.

그녀의 생애를 추적하는 건 생경한 경험이었다. 위인전에서 봤던 인물, 내가 좋아하는 화가와 작가들과 동시대를 살았다는 사실은 할머니가 아닌 다른 인물의 삶을 엿보는 것처럼 사뭇 흥미로웠고 근현대사 교과서에서 배웠던 전쟁과 비극으로 얼룩진 세상에서 인생의 절반을 보냈다는 사실은 너무 가혹했다.

별도 자취를 감춘 까만 밤, 정화수를 떠놓고 달을 보며 치성을 드렸던 그녀는 대체 어떤 삶을 산 걸까. 얼마나 간절하면 일매지게 두 손을 맞대고 매일 밤 기도를 했을까. 얼마나 간곡하면 신을 불러내어 남몰래 속삭이는 마음을 바쳤던 걸까. 그 작은 체구 속에 담긴 한과 사랑의 크기를 나로서는 가늠할 수가 없다.

다 예쁜 나뭇결 중에 더 예쁜 나뭇결을 찾아 정성스레 만든 사각 시계함을 집에 가져왔다. 선반에 놓여 있던 시계를 시계함에 넣고 한참을 들여다봤다. 그녀가 좋아할까. 할머니가 쓰던 자개경대만큼 예쁘진 않지만, 손지딸이 만든 거니 좋아하시겠지. 가진 재주가 이것뿐이라 한 번쯤은 내 손으로 목물을 만들어 선물해드리고 싶었다. 밥 한 끼 제대로 대접해드린 적이 없는 한을 이렇게라도 풀고 싶었다. 그녀에게 받은 사랑이 얼마나 크고 깊은지 해를 거듭할수록 짙어지는 그리움은 볼록렌즈처럼 선명하게 그녀를 비추었고 그때마다 그녀의 얼굴에 슬픔의 그림자를 드리우는 것 같아 미안했다. 그녀의 빈자리에 못다 한 내 사랑을 빼곡히 채워 그녀만을 위한 마음의 정원을 만들겠노라고, 당신의 시간은 멈췄어도 나는 당신 사랑하기를 계속하겠노라고 다짐하며 북받쳐오르는 감정을 꾹 참고 시계함을 만들었다. 그녀를 너무 늦게 사랑한 탓에 깊어진 회한을 달래려는 것뿐인 이기심도 어여삐 봐주실 것을 안다.

"할머니, 나 왔어요. 오랜만이야. 할머니 시계 나한테 있어요. 손지딸이 시계함 만들었어. 산벚나무로 만들었는데 참고와. 잘 가지고 있다가 주러 갈게요. 할머니, 할머니 산소 앞에 핀 꽃이 제비꽃이래요. 근데 내가 또 그것 때문에 아주 펑펑 울었지 뭐야. 꽃말이 '나를 생각해주오'래, 하필이면. 안녕히 주무세요. 좋은 꿈 꿔요. 내 꿈에 나오지 말고. 우리 또 만나."

이듬해 전주에서 작업을 마치고 선산이 있는 소양으로 달려가 그녀에게 미주알고주알 말을 걸었다. 그녀가 아무 대답도 하지 않아도 나는 울지 않았다.

스승님의 작업실

집에서 내린 커피가 유독 풍미 있는 날이 있다. 바로 오늘. 전주에 가는 날이다. 생존을 위한 몸짓들은 지난 한 주에 빼곡하게 채워 넣고 아무런 방해 없이 전주로 신나게 달려갔다. 스승님의 작업실로 향하는 길은 언제고 행복에 겨워 웃음이 났다. 이렇게 하루 온종일 진실로 행복할 수 있다니! 인생에 흔치 않게 찾아오는 강렬한 행복감에 놀란다. 좋아하는 일을 제법 잘해내고 있다는 즐거움, 좋아하지 않는 일을 인생에서 차근차근 소거하며 얻은 보람에서 샘솟는 기쁨이 그치질 않았다. 매주 목요일만 되면 행복을 만끽하는 용기 있는 사람, 타인을 채근하지 않는 아량 있는 사람이 되었다. 일차선도로를 막고 공사하는 상습 정체 구간에서 40분을 허비하는데도 흥얼흥얼 노래를 부르며 한숨 한 번 쉬지 않았다는 게 그 증거다. 전주 나들목 톨게이트에는 김종연 선생님이 만든 현판이 걸려 있다. 늘 그렇듯 공손히 인사를 했다.

"안녕하세요, 스승님. 오늘도 마중 나오셨네요!"

작년에는 새벽 6시에 집을 나섰다. 동트기 전 새벽녘의 스산한 공기는 출발을 알리는 신호탄처럼 설렘의 냄새가 났고 어스름을 밝히는 태양의 광채와 변화무쌍한 하늘의 색조는 2막을 시작한 내 무대의 배경이 되어주었다. 사색하고 정취를 느끼는 시간을 보내며 스승님의 작업실에 다가가는 길이 인생에 두 번 없을 꿈결 같아서 목요일만 되면 기상 알람보다 더 일찍 눈이 떠졌다. 스승님이 보기에는 지각 한 번 안 하는 부지런한 제자로 보였겠지만, 그냥 좋아서 그랬다. 올해는 세 시간 더 늦게 집에서 나섰다. 주야장천 곁에 붙어 작업하고 싶은 마음을 참고 선생님과 사장님의 입장을 헤아리는 제자로서 정시 출근 정시 퇴근을 지키려 했다. 이따금 점심시간에 문 따고 들어가서 불도 안 켜고 작업할 때도 있었는데 불 켜고 하라며 온정을 베풀어주셔서 감사했다.

스승님의 작업실에서 10여 분 거리에 있는 주차장에 차를 대고 운전석 뒷주머니에 꽂혀 있던 책을 펴 들었다. 수업시간까지 한 시간 반 정도 여유가 있으니 읽다 만 책을 마저볼 수 있겠다(이러다가 손이 너무 간질거리면 점심시간 끝나는 걸 못 기다리고 빈 작업실에 쳐들어갔다). 책을 읽는다는 것, 몇 해

전만 해도 의식적으로 거부했던 취미였고 누리기 어려웠던 호사였다. 이런 날이 오길 얼마나 손꼽아 기다렸던가. 책 읽고 작업하고, 스승님의 가르침을 받는 이런 날을. 자기통제 끝에 맛본 자유의 맛은 얼마나 달콤한지!

거진 100장 중 60장은 책갈피 용도로 쓰는 명함이 책 중간에 반듯하게 꽂혀 있다. 책을 펴니 삼키지 못하고 소처럼 되새김질 중인 문장이 한눈에 들어왔다. 오늘도 다음 장을 넘기기는 그른 것 같다.

과거는 의식 바깥에, 무의식 속에 남아 있다. 과거의 기억은 결코 사라지지 않는다. 현재 내 삶의 모습, 즉 성격, 말투, 행동거지, 흉터, 주름 하나하나가 모두 내가 살아온 과거 전체의 응축물이며 흔적이고, 나는 사실 굴러갈수록 점점 더 커져가는 눈덩이처럼 이 과거 전체를 등 뒤에 업고서 이 과거가 미는 힘으로 미래를 향해 나아가고 있는 것이다. 과거는 현실적으로 무용하기 때문에 의식적인 주의의 대상이 되지 않는 것, 그래서 망각되고 억압된 것일 뿐이지 완전히 사라지는 것이 아니다.[▴]

트렁크에는 어제 갈아둔 30여 개의 조각도와 작업하다 만 나무 한 덩이가 있다. 이것이 오늘 내가 가진 전부이자 내 전체를 내포한 모든 것이다. 앙리 베르그송의 책을 읽으며 과거를 등에 업고서 미래로 나아가는 현재의 나를 직시했다. 허우적거리고 갈등하고 좌절하고 냉소하고 화해했던 지난 날들의 힘으로 여기, 이곳에 있다. 이 순간도 특별한 색을 발하지 않고 기억에서 선별되어 망각의 단계에 이르겠지만 내가 존재했다는 흔적이 될 것이다.

집도 사는 사람을 닮듯이 작업실은 작업자를 닮는다. 스승님의 작업실도 스승님을 닮았다. 한 주에 한 번씩 보고 배우는 게 얼마나 도움이 될쏘냐 싶지만, 그가 나무를 다루며 보낸 50년에 가까운 세월을 더듬어 읽고 그의 정신을 이루는 요소들이 입체화되어 놓인 시공간에서 한 목조각가의 일상을 지켜보는 것만으로도 넘쳐나는 배움이 있었다. 작업실은 제작자의 모습, 가치관, 작업 습관, 작은 행동 하나하나가 응축된 과거의 공간이며 미래로 나아가는 공간이다. 기술 이상의 것들이 나를 자극했고 그것들을 흡수하느라 모든 감각이 바쁘게 움직였다.

으리으리한 한옥을 짓고 작업실로 썼다는 스승님은 어

▲　앙리 베르그송, 『물질과 기억―반복과 차이의 운동』, 김재희 엮고 옮김, 살림, 2008, 123쪽.

떠한 연유로 지금의 아담한 터로 작업실을 옮겨 왔다. 단정하고 소박한 스승님의 작업실에 처음 발 디뎠을 때가 또렷하게 생각난다. 요즘 목공방처럼 흔하디흔한 간접조명 하나 없는, 미관이야 아무렇든 상관하지 않는 오직 작업만을 위한 오붓한 공간이었다. 수백 개의 조각도가 벽면을 가득가득 채우고 있었고 바로 아래 바짝 붙여놓은 작업대는 스승님의 거칠고 투박한 손처럼 여기저기 닳고 해져 있었다. 목공 경력으로 치면 우러러봐야 할 대선배님 격인 주물 기계들도 몇 대 있었는데 근대문화유산으로 봐도 무방했다. 1990년대 초 어느 가정집에나 있었지만, 이제는 보기 드물어진 카세트 플레이어에서 라디오 교통방송이 하루의 사건 사고를 알려왔다. 예전부터 그 자리에 있었고 그때부터 단 한 번도 주파수를 바꾸지 않은 것 같았다. 작업실 우측에 있는 전시장은 스승님의 손길로 생명을 얻은 목물이 모여 사는 조형 생태계였다. 향나무와 느티나무, 대나무, 소나무, 은행나무, 대추나무로 만든 조각들이 군집을 이루고 있었는데 어떤 것은 터져 나올 것 같은 에너지를 온몸에 응집하고 있고 어떤 것은 자신이 수혈받은 생명을 응시한 채 영롱하게 깨어 있었다. 우악스러운 표정을 짓는 전설의 동물과 멋들어지게 시조를 읊는 현판이 있었고 소리 없이 흐르는 계곡물이, 해와 달이 지지 않는 산봉우리가, 상공을 가르며 유유히 나는 학이 있었다.

그런 스승님의 작업실에서 하루를 보내면 일주일의 순서가 목, 금, 토, 일, 월, 화, 수로 바뀌었다. 내 작업실로 돌아와 남은 작업을 이어 하는 6일간 자신만이 감지할 수 있는 변화를 목격했다. 척추의 자세부터 달라졌고 조각도를 드는 손의 움직임도 한껏 과감해졌다가 섬세해지기를 반복했다. 잘해야 한다는 마음도 증발했다. "나의 의식적 자아로부터 나의 신체로, 그러고 나서 나의 신체로부터 다른 물체로 점점 나아가기를 바라는가? 나의 인격은 이 행위들이 결부되어야 하는 존재다."▲ 앙리 베르그송의 말을 금요일부터 수요일까지 오감으로 해석하다 보면 다시 목요일이었고 전주로 갈 채비를 했다.

내가 묻어나야 하는 나의 작업실은 하필이면 나를 닮아 무질서했다. 어쩌면 작품의 탄생보다 욕심의 탄생이 빈번하게 일어났던 공간이었고, 작업자의 필요보다 방문객의 눈을 즐겁게 하기 위한 공간이었다. 지난 몇 년간은 목가구를 만들지 않고 조각도만 손에 쥔 탓에 고철 덩어리 취급을 당하는 값비싼 기계들의 전시 공간이었을지도 모른다.

작업실의 윤곽, 색깔, 냄새, 여기에서 발생하는 모든 사

▲   앙리 베르그송, 『물질과 기억』, 박종원 옮김, 아카넷, 2005, 88쪽.

건이 정말 나와 닮아 있는가를, 최초의 순수성을 여전히 간직하고 있는가를 생각하다가 냅다 청소를 시작했다. 모가 다 빠져 성근 빗자루를 들어 바닥을 쓸었다. 잠시 우주에서 블랙홀을 빌려다 바닥에 두고 작업실에 들어찬 지난 삶의 거짓됨을 모조리 쓸어 넣고 싶었다. 그런 뒤에 텅 빈 작업실에 앉아 조용히 나무를 깎고 싶은 충동에 사로잡혔다. 빗자루질을 해도 쓸리지 않는 고착된 과거의 욕망을 이제는 치워버리리라. 나는 홀가분하게 미래로 걸어갈 것이다!

스승님은 수작업으로 할 수 있는 건 웬만하면 다 손으로 했다. 기계보다야 속도가 느릴 수 있지만 (내가 보기엔 스승님의 손은 기계보다 빠르다) 그의 미감과 정교함을 흉내 낼 기계는 아직까지 세상에 없다는 건 확실했다. 하나의 도구를 내 몸의 일부처럼 쓸 수 있게 만드는 일은 관념을 글로 쓰는 작가, 바람으로 먼 바다를 읽는 어부, 흙을 만지며 올해 농사를 가늠하는 농부의 시간처럼 재단할 수 없는 시간이 필요하다. 정규반 수강생들에게 말한다. 목공은 스프린터에게 적합하지 않다고. 장거리를 뛰는 마라토너의 성향을 가진 사람에게 잘 맞는다고. 그만큼 단기간에 기술을 익히기가 어렵고 꾸준한 연습 없이 의욕만 넘쳤다간 제풀에 지쳐 나가떨어질 수 있다는 걸 순화해서 말하고는 했다. 기술을 익히는 과정이 고될수록, 그 시간이 길어질수록, 지쳐 나가떨어지지 않고 해낸 자의 자부심은 하늘을 찌른다. 특히 목수의 자부심이 그렇다. 애석하게도 부단한 노력 끝에 체득한 기술은 목수의 기본 소양일 뿐 자랑거리는 아니다. 나무라는 재료를 가지고 일상의 사물을 만들기 위해 갖춰야 하는 능력이지 그 자체가 최종 목적이 아니기 때문이다.

일단은 기술을 익혀야 어떻게 만든다는 시각의 틀을 깰수 있으니 기술의 숙련도를 높이는 게 가장 우선할 과제이고, 그다음 과제는 무엇을 만들 것인가 왜 만드는 것인가 질문하고 답하는 것이다. 하지만 이때에도 버릇처럼 기술에만 집착하면 자부심의 덫에 걸린다. 자부심의 덫에 걸리면 어떻게 만들었는지, 얼마나 어려운 기술인지를 설명하며 작품을 자신의 뛰어난 기술을 자랑하는 대상으로 삼게 된다. 관점에 따라 다양한 기준이 있는 거니까 어디까지나 내 기준에서 기술 자부심은 덫이 된다고 생각한다.

이렇게나 부연 설명을 길게 한 것은, 조각도를 신체 일부처럼 쓰고 기계보다 더 빠른 손놀림과 정교함으로 아름다운 목물을 만들어내는 스승님에게서 단 한 번도 그런 모습을 본 적이 없기 때문이다. 작업자로서 경계해야 하는 태도를 지양하고, 배워야 할 태도를 몸소 보여주는 것만큼 좋은 가르침이 또 있을까. 스승님은 지금도 작업을 시작할 때면 설렌다고 했다. 조각하는 게 45년째 즐겁다고 했다. 그만치의 시간을 살아보지 않았고 그만치 작업해보지 않은 나로서는 짐작하기 어려운 감정이었지만, 내심 그렇게 즐길 수 있을 것 같고 그렇게 되면 좋겠다는 바람이 있다. 어쩌면 무형문화재인 스승님의 목조각 인생사 중 전성기에 해당하는 시점에 인연이 닿아서 이전의 고된 조각가의 삶은 모르고 좋은 면모만 꼽아보고 있을 수도 있다. 과거에 거쳐온 고난은 현재 힘들지 않은 법이니. 기억에서 미화되고 의미가 부여되며 지금의 자신을 긍정하게 하니까. 하지만 지금의 좋은 모습만 보며 긍정 회로를 돌린다고 하여도 내게 스승님 같은 분이 있다는 것은 단연 행복이다.

강사는 많고 스승은 드문 세상이다. 왜냐면 스승은 자신이 부여하는 이름이 아니라 배움을 얻은, 가르침을 받은, 깨달음을 얻은 제자로부터 얻는 이름이기 때문이다. 선생님은 직업은 될 수 있지만, 스승은 직업이 될 수 없다는 말처럼 스승은 인생에서 얻기 힘든 귀한 인연이라는 걸 안 까닭에 학연도 지연도 파벌도 없이 그를 만났다는 게 천운이라고 느꼈다.

가구를 만드는 목수로 살다가 목조각을 하겠다며 당차게 돌아섰을 때, 막막했던 그 길을 어찌 가야 하나 고민했을 때 저 멀리서부터 마중 나와준 80억 명 중에 단 한 명. 나의 목마름을 알고 작업실을 내어주고 한결같이 나를 작업자로 대해준 그는 나의 스승이고 그의 작업실은 지난 2년간 나의 항로를 비춘 등대였다.

인생에 두 번 없을 꿈결 같았던 시절도 이렇게 지나갔다. 이제는 홀로 '어떻게, 무엇을, 왜 만드는가'의 과제를 부단히 수행하며 나의 길을 더듬어가야 한다. 그러다 길을 잃으면 습작을 들고 스승님께 달려가겠지만 졸업생의 끝맺음 인사를 하고 싶어서 샛노란 꽃밭이 그려진 편지지를 샀다. 스승님이 노란 꽃을 좋아한다는 얘길 듣고. 정말 오랜만에 손 편지를 쓰며 정진하겠다는 말로 감사함과 진심을 전했다. 행복했던 이 시절을 다시 등에 업고서 미래로 나아가겠지. 스승님의 45년 세월처럼 나도 그러하기를.

톱밥과의 전쟁

수입 제재목으로 가구를 만들며 느낀 답답함은 친환경적이지 않은 생산방식을 거친다는 점이었다. 국내에 있는 많은 목공방에서 주로 쓰고 있는 활엽수 제재목은 수입 의존도가 높은 원자재다. 목가구는 그중에서도 최상 등급^{Firsts and seconds, FAS} 제재목으로 만들어진다.

제작할 가구의 크기와 구조, 디자인에 따라 편차는 있겠지만, 제재목의 고른 면을 잡고 가공하는 동안 필연적으로 발생하는 대팻밥과 톱밥의 양은 상당하다. 4인용 식탁 세트를 제작한다고 치면, 종량제 봉투 75리터 기준 네 개는 족히 채울 분량의 대팻밥과 톱밥이 발생한다. 옹이가 있거나 벌레를 먹거나 할렬[1]이 있는 것도 아닌데 단지 평을 잡고 균일한 두께를 뽑아내기 위해 최상 등급 목재가 대팻날에 수십 번 갈려버린다. 그렇게 가차 없이 자루에 담긴 대팻밥과 톱밥은 자리만 차지하는 골칫덩이 취급을 받는다(1밀리미터의 살을 찌우는데 나무는 얼마나 긴 시간을 보냈던가! 나무의 처지가 짠하다).

대팻밥과 톱밥은 명명백백히 활용이 가능한 천연자원이다. 다른 불순물이 섞이지 않았고 본드나 마감재에 의해 오염되지 않은 순도 100퍼센트의 목재 톱밥은 원칙적으로 폐기물에 해당하지 않는다. 목재 톱밥은 화목 보일러의 연료인 펠릿을 만들 때 쓰이고, 가축 축사 깔개용으로도 쓰이고, 버섯 재배할 때 쓰이기도 한다. 농장에서는 퇴비와 섞어 뿌려서 비옥한 토양을 만드는 거름으로도 쓴다. 하지만 목공방에서 발생한 친환경 자원을 활용하거나 처리할 유통 시스템이 마땅히 없다. 기본적으로 제작자가 로스율을 최소화하려 노력하지만, 작업 첫 단계부터 발생하는 대팻밥과 톱밥이 워낙 많기에 보관도 어렵고 처리에도 곤란을 겪는다.

인근에 목재 자원 활용 업체가 있다면 유상으로 수거해가기도 하는데 수급이 불안정하고 가성비가 낮다는 이유로

----

[1] 목재 표면이나 내부가 갈라지거나 쪼개지는 현상.

거절하는 곳이 많아 이 방법도 녹록지 않다. 상대성 때문인데 1톤 트럭에 가득 실릴 대팻밥과 톱밥이 목공방 입장에선 감당 못 할 수준인 거고 업체 입장에선 너무 적은 양인 것이다. 대개는 알음알음 수소문해 특정인과 지속적으로 거래를 한다거나, 중고 거래 앱과 사이트를 통해 일시적으로 나눔하는 방법을 택한다. 업체든 개인이든 주 거래처를 뚫지 않으면 제작자가 알아서 처리해야 하는데 구청이나 행정복지센터 혹은 관할 소각장에 따라 처리 기준이 제각각이라 혼선이 생긴다. 종량제봉투에 버리라거나, 폐기물 마대에 버리라고도 하고 일반 쓰레기와 섞어 조금씩 버리라는 의견도 있다.

근 20년 사이 기하급수적으로 늘어난 목공방에서 배출되는 순도 100퍼센트의 원목 대팻밥과 톱밥 양을 생각하면 만만치 않은 자원 손실이다.

나는 지금까지 작업실에서 나온 천연자원을 폐기물로 버리거나 소각해버린 적은 없었다. 밭농사와 과수원을 병행하는 땅 부자 농업인과 무상 거래를 터서 대량의 대팻밥과 톱밥을 틈틈이 수거해가도록 했고, 5도 2촌과 주말농장 덕에 개인의 수요도 늘어 소량의 톱밥도 별 탈 없이 처리했다.

예외 상황도 있었다. 수강생 A가 길이 3,200밀리미터의 모듈형 가구를 만드느라 생긴 자루 다섯 개, 수강생 B와 C가

소형 가구를 짜느라 생긴 자루 세 개, 내가 의뢰받은 가구를 만드느라 생긴 자루 세 개를 한데 모아놓고 여느 때처럼 큰손 거래처에 연락했다. "대팻밥 열한 자루 있습니다. 편한 시간에 와주세요." 큰손 거래처는 한참 뒤에 안타깝고도 청천벽력 같은 소식을 전해왔다. "병원에 입원 중이라 퇴원하면 가져갈게요." 오랜 거래처와의 의리를 지켜야 했기에 장장 2개월을 버텼다. 그 사이 수강생 A는 가구 조립에 들어갔고, B와 C가 오일 마감을 했고, 나는 고객에게 보낼 가구를 완성했다. 거기에 개당 100리터가 넘는 열한 개의 대팻밥 자루들, 대형 목공기계와 전동공구, 각종 클램프와 수공구로 복작복작해진 작업실은 어수선함의 극치였고 큰손 거래처의 빠른 쾌유를 빌며 퇴원하는 날을 오매불망 손꼽아 기다렸다.

최상급 천연자원을 쌓아두고 어쩌지 못하는 목공 작업실은 여기뿐만이 아닐 것이다. 어쩔 수 없이 생기는 대팻밥과 톱밥은 안타까울 정도로 넘쳐났고 외부 상황에 따라 변수가 생기면 꼼짝없이 처리 문제로 곤경에 처하니 자체적으로 활용할 수 있는 방안을 찾고 싶었다. 대팻밥으로 뭘 할 수 있을까. 이런 고민은 목공을 하는 동안에 꾸준히 제기되었고 한 번쯤 해결해보고픈 사안이었다.

자원 활용 산업의 가치사슬을 보자면, 일상에서 쓰던 물건이 사용자의 손을 떠나 순환자원이 되면 리사이클, 다운사이클, 업사이클의 경로로 나뉘어 흩어진다. 다운사이클은 이전보다 가치가 떨어지는 쓰임을 만들어내는 영역이고 대부분의 재활용이 여기 해당한다. 반면 업사이클(새활용)은 원래보다 더 가치 있는 쓰임으로 거듭나게 만드는 영역이다.

다운사이클은 이미 분야별로 산업이 활성화되어 있기에 업사이클을 중심으로 자료를 찾았다. 하지만 목공방에서 발생하는 대팻밥과 톱밥 관련해 참고할 만한 문서나 통계자료는 전무했다. 어떻게 하면 가치 상향형 재활용이 가능할까, 생산자가 능동적으로 해결할 수 있는 방법이 뭘까 케이스 스터디를 하던 중에 디자인 잡지에서 봤던 패브리커^{fabrikr}가 생각났다.

그들은 다양한 폐자원을 소재로 단일 오브제부터 설치 작품까지 장르에 국한하지 않고 폭넓은 작업 스펙트럼을 보여주는 2인 아티스트 그룹이었다. 활동 초기에는 팔걸이가 부러진 의자처럼 기능 일부를 상실해서 버려진 가구에 에폭시를 입혔다. 그때만 해도 업사이클링은 재활용에 초점을 둔 환경적 측면에서 의미가 있다는 인식이 짙었다. 패브리커는 버려지는 가치들이 모여 다양한 색을 갖게 되고 우리는 이것을 하나뿐인 오브제로 탄생시킨다는 재료 스토리텔링으로 업사이클 분야에 새로운 방향성을 제시했다. 소재에 담긴 이야기에 가치를 부여하고 사람들의 공감을 불러오는 대상으로 재생산한다는 발상은 당시에 뜨거운 주목을 받았고, 패브리커는 업사이클링 가구 디자이너로 세상에 이름을 알렸다.

내가 기억하는 작품 〈GIEL:FLOW〉(2014)는 폭이 좁은 판재 측면에 버려진 자투리 천을 이어 붙이고 에폭시로 굳혀 제작한 테이블인데 수직 방향으로 겹쳐진 자투리 천의 굴곡이 마치 목재의 무늬 결을 보는 듯한 시각적 재미가 있었다.

"나도 에폭시에 굳혀볼까? 아니다. 차라리 펠릿이 되고 거름이 되는 편이 낫지."

플라스틱을 덧씌운다는 게 내키지 않았다. 수작업이라 양산도 불가능하고 실질적인 대안이 될 수 없었다. 하지만 마음은 이미 그들의 작업 철학에 흥미를 느끼고 있었다. 일회성일지언정 마음에 남을 수 있는 이야기를 담아보는 시도는 한 번쯤 해봐도 괜찮다고. "아무것도 하지 않는 것보다 나을지도 몰라." 제작자의 호기심이 발동했다.

관심은 기회를 만들었다. 2017년 9월 '서울 새활용 플라자'가 설립되었고 이듬해인 2018년 새활용 창업기업 성장 지원사업 모집 공고가 올라왔다. 12주간의 새활용 창업 관련 심화 교육과 멘토링, 시제품 제작비 지원, 입주 기회를 제공하는 지원사업 첫 회였다. 전문가에게 듣는 업사이클 이론 강의와 시제품 제작비가 탐이 나서 이틀 만에 사업계획서와 기획안을 만들고 지원서를 넣었다.

매주 금요일 서울 성동구에 있는 건물로 향했다. 지원사업에 합격한 창업자, 예비 창업자 들이 한데 모였고, 그들의 나이, 성별, 활용 자원, 활동 영역도 다양했다. 3주간 자원순환사회경제연구소 홍수열 소장이 한국 환경과 자원순환 관련 산업 현황에 대해, 터치포굿의 박미현 대표가 업사이클 소재의 다양성에 대해, 서울디자인재단 윤대영 수석전문의원이 공공디자인과 업사이클 디자인 사례에 대해 강의했다.

홍수열 소장의 강의 중 물건의 생애주기 말년에 해당하는 폐기된 물건을 책임지는 산업에 관한 내용은 정말로 유익했다. 넘쳐나는 새 물건에는 시선을 빼앗기면서 그 물건들이 어디로 가는지는 시선을 두지 않으니까. 탄생과 죽음, 원인과 결과, 생산과 폐기는 수평선의 양 끝점과 같이 떼려야 뗄 수 없는 관계임에도……. 보이지 않는 것인지 보지 않는 것인지, 그도 아니면 보고도 못 본 척하는 것인지. 유튜브 1억 뷰는 이런 강의에서 나오면 좋겠다.

새활용 기업가 1세대인 김미현 대표는 쓰레기는 반드시 일어난 사건에서 발생한다는 말을 하며 참여했던 프로젝트를 공유했다. 제일모직은 패션 사업 60주년을 기념해 종로구 삼청동에 사회공헌전문 매장 하티스트^{HEARTIST} 하우스를 공식 개장했다. 개장 1주년 행사로 패션업의 특성을 살려 사용하고 남은 질 좋은 자투리 원단을 수선해 가로수 서른네 그루에 옷을 입혔다. 겨우내 나무의 보온 유지를 돕는 차원이었고 150센티미터 원단에는 산, 물, 자연의 색채를 담아 사계절의 아름다움을 표현하여 거리를 꾸몄다. 기업은 의류업계에 불어온 환경파괴 책임론과 비난을 피하고 역으로 환경을 생각하는 이미지를 얻어 브랜드 가치를 높일 수 있었고, 시민은 도시경관의 아름다움을 얻었고, 지자체는 시민들의 호응을 이끌어낸 공익 캠페인 성공 사례로 평가를 받았다. 참여 관계자 모두가 득을 본 윈윈win-win 이벤트였다.

4주차부터 아이템을 개발하고 프로토타입을 만드는 과정이 진행됐다. 내가 당면한 문제를 가지고 도출한 '우리가 몰랐던 쓸모, 원목 톱밥' 아이템은 가구를 만들 때 다량으로 배출되는 원목 톱밥을 가구 구조의 일부를 만드는 데 재사용해 자원 낭비를 줄이자는 것이었다. 하지만 압축, 굽기가 가능한 장비 투자와 연구 없이는 사실상 업사이클이 불가능했다. 최종 심사까지 남은 단 몇 주. 장비를 개발하고 제작할 비용, 장비에 맞춰 성형 가공 방법을 실험하고 시제품을 뽑아낼 시간이 턱없이 부족했다.

차선책으로 공예용 에폭시 레진을 사용하기로 했다. 형틀을 만들어 두세 차례 테스트하니 강도나 안전성 측면에서 가구 소재로 쓰기 적합한 주제와 경화제 비율 값을 찾을 수 있었다. 열경화성 화합물인지라 고약한 냄새를 풍겨 난항을 겪었지만 원하는 만큼 품질이 나와서 바로 시제품 제작에 들어갔다. 호두나무와 적참나무 스툴 두 점을 만들며 그 과정에서 생긴 대팻밥과 톱밥을 따로 모아서 스툴 좌판을 제작했다. 투명한 에폭시에 잠긴 톱밥의 텍스처가 빛을 받아 도드라졌고 얕은 수면 아래로 가라앉은 낙엽 더미 같기도 했는데 촘촘하게 몸을 말고 있어 이전에 본 적 없는 질감이었다.

스툴 다리를 가공하며 생긴 톱밥으로 좌판을 만들었다는 스토리텔링으로 프로젝트는 일단락됐지만, 구상 단계에서 예상했던 재료의 환경성과 양산 불가능한 수작업에 더해서 까다롭고 위해한 작업 방식이 문제점으로 드러났다. 완성한 시제품은 보고 쓰기에는 예뻤으나 생산과 폐기 과정이 아주 못난 스툴이었다.

다른 시도를 해볼 시간도 없이 최종 심사 발표일이 다가왔고 '우리가 몰랐던 쓸모, 원목 톱밥'은 의미 있는 도전이었으나 엉망이었다고 고백했다. 뒷산에만 뿌려도 무해하게 자연으로 돌아갈 천연자원을 플라스틱 덩어리로 만든 다운사이클 프로젝트였다. 한 심사 위원이 물었다.

"여기 입주한다면 어떤 활동을 하실 계획인가요?"

"전 작업실이 있고 거기서 더 연구해야겠습니다. 많이 부족한 것 같습니다. 이 공간은 다른 창업가분이 쓰신다면 좋겠습니다. 배움의 기회를 주셔서 감사합니다."

이렇게 말하지 않았더라도 광속 탈락이었겠지만, 내가 생각했던 훌륭한 창업가가 새활용플라자 1기로 입주했고 아르크마인드^{arcmind}는 멋들어지게 활동하기 시작했다.

'리싱크'$^{▲}$는 버리는 사람 스스로 책임감을 갖고 쓰임을 다한 자원을 재활용하는 개념이다. 책임 있는 생산과 소비는 지속 가능한 자원순환 생태계를 만드는 데 영향력을 행사할 수 있는 제작자의 특권이다. 세상에 잘 드러나지 않는 생산 과정의 문제, 가령 나무를 다루는 사람만이 알 수 있는 톱밥과의 전쟁을 속 시원하게 종결시킨 리싱크형 목수가 있었으니 그는 바로 나의 첫 번째 스승 김성헌 작가다.

나의 역대급 다운사이클 프로젝트 '우리가 몰랐던 쓸모, 원목 톱밥'이 막을 내린 지 4년 후였다. 그는 을지로와 영등포 지역의 유압, 밀링 장인들과 협업하여 톱밥 압축 기계를 제작했고 기계는 첨가제 없이 순수 압력만으로 질 좋은 원목 톱밥 펠릿을 추출해냈다.

한 달에 30만 원가량씩 수거 업체에 지불하고 처리했던 대팻밥과 톱밥이 90퍼센트의 부피로 작게 압축되었고 건조목인 탓에 화력이 좋아 캠핑하는 사람들과 화목 난로를 때는

▲　재활용-recycle과 동기화synchronization의 합성어.

사람들이 불티나게 사 갔다. 목수의 고충을 누구보다도 잘 아는 그는 기계 제작 과정을 유튜브에 공유했고 펠릿 제조 공장에서 쓰는 압축 기계와 달리 집진기와 일체형으로 쓴다는 점에서 반응이 뜨거웠다. 집진기에서 톱밥을 비울 때마다 머리부터 발끝까지 분진을 뒤집어쓰는 일, 휴지로 콧구멍을 틀어막고 방진 마스크를 써도 콧물이 줄줄 흘러내리는 일, 모래알갱이가 눈 속을 구르는 듯한 안구 통증을 참아가며 인공눈물을 넣는 일에서 해방이었다. 전부 그의 경험에서 우러나온 디테일이었다.

그는 자신의 공방에 있는 초기 모델을 보완하고 개발에 박차를 가했다. 개인 목공방, 플라스틱 재활용 업체, 커피박 바이오 원료 연구소, 가구 공장, 커피 로스팅 공장에서 문의가 쇄도한 탓이었다.

하나 있었으면 했던 장비를 과감하게 만들어낸 김성헌 작가는 쓰임을 다한 자원을 재활용하는 리싱크형 생산자였고 펠릿과 압축 기계로 수익을 내는 사업가였고 제조업의 비슷한 니즈를 충족시킨 해결사였다. 15년간 치른 톱밥과의 전쟁에서 완전한 승리를 거머쥐었으니 얼마나 통쾌할까! 정말로 멋진 사람이다.

아버지의 시선

목공을 한 이래 아버지의 시선은 내 손을 자주 향했다. 십중팔구 어디 베인 곳은 없는지 다치지는 않았는지 살피는 눈빛이었다. 행여 부정이라도 탈까 다친 데는 없느냐 묻지도 않았다. 아버지가 어서 빨리 멀쩡한 두 손을 발견하고 안심하도록 손가락 열 개를 곧게 편 손을 은근슬쩍 테이블에 올려두거나 묶은 머리를 풀어 다시 묶기도 했고, 휴대전화를 만지작거리거나 곁에 앉아 손을 덥석 잡기도 했다. 딴청을 피우는 듯하면서도 유심히 손등과 손바닥과 손가락에서 다친 흔적을 수색하는 아버지가 본인 두 눈으로 '이상 없음'을 진단하시게끔 시야에 들어오는 자리에 서성거리며 모르쇠를 놓았다. 시선에 걸리는 장애물이 없자 한시름 덜어낸 아버지는 그제야 본인 할 일을 하셨다.

아버지의 시선이 내 손에 자주 머무는 데에는 이유가 있었다. 원인을 제공한 것은 당연히 아버지의 하나뿐인 소중한 딸이었다. 새로운 작업에 들어가기에 앞서 숫돌에 끌을 연마하고 날이 잘 섰는지 보려 각재에 끌질을 하다가 방향이 어긋나 엄지손가락을 깊게 찔렸다. 관통상이었다. 1초 전과 후, 아차 하는 순간은 그 틈에 있었고 1초 후의 경계 지점에서 나는 아찔한 당혹감을 맛봤다. 한순간에 일상이 바뀌어버렸다는 표현만큼 적확한 묘사가 있을까 싶다. 고객에게 피치 못할 사정을 전해야 하는 창피함은 물론, 하루 이틀에 나을 것으로 생각되지 않는 상처에 납품일을 얼마나 미루며 양해를 구해야 할지 난처했다. 기본만 지켰어도, 서두르지만 않았어도…… 이런 일은 생기지 않았다는 자책에 얼굴에 잔뜩 화딱지가 붙었다. 닻을 올리고 돛을 활짝 펴 순풍에 출항하던 배가 선장의 부주의로 난파 직전의 위기에 처한 것이었다.

다급한 심정은 모르고 한 시간 대기를 통보하는 정형외과와 코 성형 전문이라서 죄송하다며 난색을 표하는 성형외과가 있는 건물을 퇴짜 맞듯 빠져나와 뛰어 들어간 병원은 기다림 없이 바로 진료가 가능할 것 같은 평일 대낮의 항문외과였다. 탁월한 판단이었다. 곧장 소독약 냄새가 진동하는 진료실에 들어갔고 의사는 상처를 살폈다. 진료실에 있다는 것만으로도 안심이 되었는지 이내 마음이 평온해졌고 벽에 붙은 그림들이 눈에 들어왔다. 치질의 원인, 치핵의 생김 새 같은 각종 항문 질환에 대한 상세한 설명과 그림을 훑으며 그간 일하면서 몸에 밴 예민함과 긴장감이 스르르 녹아내 렸고 '현타(현실자각타임)'가 찾아왔다.

무엇인가가 무감각한 손가락 표피층을 뚫고 지그재그 로 가로질렀다. "피부가 두꺼워서 바늘이 잘 들어가지 않네 요. 뭐하시는 분이에요?" 의사의 손길이 더디게 상처를 꿰매 고 있었다. 굳센 손 때문에 고생하는 그의 물음에 대답할 새 도 없이 B급 무협 영화에 나오는 도인의 웃음처럼 어색한 웃 음소리가 입 밖으로 새어 나왔다.

의사가 겪고 있는 애로 사항은 딱딱하게 박인 굳은살이 겹겹이 층위를 이룰 만큼 열심히 일했다는 증거이자 손에 성 실하게 새겨 넣은 기록이기도 했다. 아주 뜻밖의 사건으로 뜻밖의 장소에서 뜻밖의 인물로부터 뜻밖의 표현으로 나의 노고를 인정받은 상황이 재미있었다. 아침만 해도 흥얼흥얼 노래하며 작업하던 내가 항문 그림을 보며 손가락을 꿰매고 있는 꼴이 어이가 없고 우습기도 했다. 인생은 한 치 앞도 내 다볼 수 없더니 정말이다.

다행히 힘줄도 인대도 신경도 무사했다. '그래, 이렇게 라도 쉬라는 건가 보다' 하고 붕대로 칭칭 감은 엄지를 의사 의 지시에 따라 심장보다 위로 향하게 치켜세우고 왕따봉 자세를 유지하며 길을 걸었다. 퇴짜맞은 정형외과와 성형외과를 지나쳐 작업실로 돌아가는 길은 여느 때와 달리 잡다한 요소들이 일직선으로 배열되어 있는 이질적인 거리 같았고, 나는 거기에 어울리지 못한 채 왕따봉으로 이목을 끄는 주변인 같았다. 두 시간 전 소란했던 작업실이 너무나 고요했기 때문에, 잠시 일시 정지 버튼을 눌러놓고 어딜 다녀온 후 재생 버튼을 누른 듯했다. 모든 것은 그대로인데 엄지손가락만 달라졌다. 작업대 위에 덩그러니 놓인 16밀리미터 평끌에게 다시는 우리 이런 식으로 가까워지진 말자 감사 인사를 하고 한숨을 쉬며 사건의 흔적을 정리했다.

벌어진 피부 조직이 다시 붙기를 기다리며 몸이 근질근질할 만큼 푹 쉬는 동안 엄지손가락 쓰지 않고 텀블러 들기, 한 손으로 머리 감기, 주먹 쥐고 글씨 쓰기를 연습하며 지냈다. '오호라. 그냥 있는 손가락은 없구나.' 왜 인간의 손가락은 열 개인가 인체의 신비를 탐구하며 다소 따분한 시간을 개척해나갔다. 그렇게 집과 작업실만 오가며 아무도 만나지 않았다. 특히 부모님과의 만남을 피했다.

10년 만에 근거리에 살게 된 딸이 얼마나 반가웠을지 뻔히 알고 있었지만, 부모의 알 권리보다 자식의 불효하지 않을 권리가 내 안에서 우세했다. '딸이 좋아하는 반찬 했어, 김치랑 가져가'라고 말해도, '오랜만에 저녁 같이 먹자, 아빠가 쏠게' 말해도 일이 바쁘다는 핑계로 거리를 두었다. 알아도 나중에 다 낫고 아시는 것이 나았다. 부모를 멀리하는 자식이라며 서운해하고 오해하는 편이 더 나았다. 하지만 위장된 안녕은 금세 들통이 났다.

실밥을 풀고 반창고만 붙이면 될 만큼 상처가 아물 때쯤 부모님은 참아왔던 서운함을 적극적으로 표현하기 시작했다. 그에 대적할 만한 핑곗거리가 없었으므로 마지못해 부모님 집을 찾았다. 부모란 존재는 자식 일을 직감적으로 아는 걸까. 엄마는 "이래서 여태 안 왔구나"라며 단번에 딸의 거짓 바쁨을 알아챘고, 아버지는 별말 하지 않았지만, 반창고 붙은 손에 시선을 두었다 거두길 반복했다. 목공하는 사람들 내에서 내 부상은 사고 축에도 끼지 않았다. 하지만 나의 부주의함이 초래한 결과는 '딸은 언제든 신체 일부가 손상될 수 있는 위험한 직업을 가졌다'는 인식을 부모님 가슴에 남겼다. 밀린 작업을 처리하는 건 내 몫이고 통증이야 때 되면 사라지니 그만이지만 내가 이 일을 계속하는 한 시시때때로 마음 졸이는 불안, 걱정을 내색하지 않으려는 마음 씀, 두 손을 살펴보는 염려의 눈빛은 부모님 몫이 되어버렸다. 아버지의 시선이 때때로 내 손을 향하고 안도의 눈빛을 띨 때마다 마음이 저리고 미안했다. 다치든 안 다치든 심려를 끼치는 자식의 불효였다.

내가 좋아서 시작한 목공, 나를 매혹하는 나무를 다루는 일. 나 중심으로 돌아갔던 세상은 나밖에 없는 이기利己로 점철된 것들이었다. 자신에게 국한했던 폐곡선을 벗어나 주변을 둘러보니 내 안위가 행복이고 기쁨인 사람들이 위성처럼 내 주위를 돌고 있었다. 그들은 내가 대단한 일을 하지 않아도, 자신을 돌보며 안녕한 것만으로도 각박한 세상살이의 짐을 더는 사람들이었다. 마찬가지로 그들의 안녕은 내가 안정된 일상을 만들어가는 데 필요한 절대 조건이었고 그들의 안녕은 나의 평화로 이어졌다.

서로를 위해 잘 지내주는 것도 사랑이었다. 나의 안녕을 바라는 마음에 보답하는 것과 오랜 시간 건강하게 이 일을 하겠다는 자신과의 약속을 지키는 것은 내 책임이자 과업이기도 했다. 그걸 깨달은 후로 전보다 더 안전제일주의자가 되었다. 꼬부랑 할머니가 되어서 손바닥을 떳떳하게 돌려 보이며 사랑하는 이들에게 젠체하고 싶다. "이봐라, 당신들 덕분에 손가락 열 개 멀쩡하게 신나게 작업했잖아" 하고.

안전 목공 합시다

몸을 써서 생산 활동을 하는 모든 직종 종사자의 제1수칙인 '몸이 재산, 안전제일'은 목수에게도 해당한다. 잘 있어, 잘 지내, 다음에 또 보자는 말보다 더 친숙한 '안전 목공'은 무시무시한 사고를 조심하고 절대 다치지 말고 작업하자는 염원이 담긴 인사다.

"응, 다음 달에 보자. 안전 목공 하고."

목공 후배와 통화한 지 얼마 지나지 않아 비보가 들려왔다. 덜컥 심장이 내려앉았다. 기약한 다음 달을 열흘 남겨둔 시점이었다. 시끌벅적하게 놀 생각에 기대에 차 씩씩하게 말하던 목소리가 생생한데 병문안을 가게 생겼다. 안타까움을 넘어 원망 섞인 비탄의 한숨이 흘러나왔다.

"아휴, 조심 좀 하지……."

그의 사고는 손가락 절상이었다. 인대가 끊어지긴 했지만, 수술은 잘 끝났고 재활만 하면 된다고 쓴웃음을 지었다. 그는 테이블 소 작업 도중에 다쳤는데, 안전 시스템이 탑재된 기계 덕에 절단 사고를 막을 수 있었다. 톱날에 항상 미세전류가 흘러 정상 여부를 감지하고 있다가 사람 손이 접촉되면 센서가 전류 변화를 감지하고, 내장 카트리지를 작동시켜 자동차 에어백 열 배의 속도로 정반 아래로 톱날을 잡아당기는 원리였다. 가히 전 세계 목공인들의 손을 살려낸 수호천사나 다름없는 기계를 쓰고도 그가 수술해야 할 만큼의 부상을 입은 것은 장갑을 꼈기 때문이었다. 주문 들어온 작업이 수량이 많아서 시간에 쫓겼고 정말 딱 한 번 장갑을 벗지 않았는데 '잠깐이니 괜찮겠지' 했다가 톱니에 장갑 실이 끼어버렸다고 했다. 기본 원칙을 지키지 않고 방심했던 찰나에 사고는 발생했고 대가는 혹독했다.

종종 본다. 손가락을 가로질러 진한 흉터가 있거나 손톱이 반만 남았거나 마디 하나가 없는 목수들. 6개월 초보 목수부터 경력 30년 이상의 베테랑 목수까지 경험과 숙련도를 가리지 않고 그들의 검지, 중지, 약지를 앗아가는 사고는 대충 아문 자국만 봐도 어느 기계에 그랬는지 읽힐 만큼 자주 발생한다. 최근에도 들었다. 누구네 공방에서 누가 다쳤고 손가락을 찾을 수 없어 봉합수술도 못 했다는 안타까운 이야기를.

세상은 성하지 못한 목수의 손을 훈장처럼 추대하기도 하지만 그 어떤 목수도 관절염을 앓아 굽어진 손가락을, 마디가 없는 손가락을 원하지 않는다. 평생 없었으면 하는 사고는 그저 돌이킬 수 없는 상처와 장애를 남길 뿐이다.

손으로 먹고사는 이들이 한 몸처럼 쓰던 기계에 신체 일부를 잃는 경험은 외상후스트레스장애[PTSD]로 남아 삶을 무너트리기도 한다. 기계 소리를 들을 때마다 사고의 순간을 지속적으로 재경험하고 그러면서 사고와 관련된 자극을 회피하게 되니 노상 즐겨 하던 작업도 미루고 결국 작업 활동의 추진력을 잃고 우울감에 빠진다. 소중한 나의 일터에서 불안과 공포 같은 심리적 반응이 일어나고 심장이 두근거리고 호흡이 가빠지는 신체적 반응으로 연장된다. 부상의 통증만큼이나 정신적 고통이 아주 오래 뒤따르는 것이다.

후배는 잠이 오지 않는다고 했다. 눈을 감으면 자꾸만 사고 순간이 생각나고 다시 목공 일을 할 수 있을지 자신이 없다고 말했다. 동료와의 소통과 공감이 심리적 안정에 도움 된다는 전문가의 말이 얼핏 기억이 나서 혼자 끙끙 앓지 말고 언제든 괜찮으니 마음이 심란하면 연락하라고 당부했다. 외상후스트레스장애 점검표를 구해다 그에게 보내주고 필요하면 꼭 가보라고 '직업트라우마센터'를 소개해주었다. 마음에도 재활이 필요하다. 그가 무사히 이전의 일상으로 돌아갈 수 있기를 바랐다.

목공기계나 전동공구에 대한 사전 지식이 충분하지 않다면 정말 조심해야 한다. 목공기계 구조와 작동 원리, 안전한 사용 방법을 정리해 45장의 수업 자료로 만들어 수강생에게 이론 교육을 했다. 목재가 총알이 날아오는 속도의 8분의 1 속도로 작업자를 향해 날아올 수 있는 킥백kickback에 대해, 전동공구의 회전 방향과 목재 작업 방향에 대해 알려주었고 대형 사고로 이어질 수 있는 잘못된 작업 방식을 영상으로 보여줬다.

실습 시간이면 수강생 곁에 붙어서 눈을 떼지 않았고 익숙해질 때까지 몇 달에 걸쳐 시범을 보였다. 달달 외우도록 안전을 강조하고 협박에 가까운 수준으로 위험을 강조한 덕분인지 다행히 수강생 중에 다친 사람은 없었다. 하지만 안전 수칙을 또박또박 읽어주고 수십 번씩 강조해도 사고는 발생할 수 있다. 안전 수칙도, 노련한 기술도 안일함과 방심 앞에서는 무용지물이다. 다음은 내가 수업 때마다 이야기하는 안전 목공 십계명이다.

1. 기계를 다룰 때는 다른 생각을 해서는 절대 안 된다. 오직 기계를 다루는 데 집중한다.

2. 작업 전 기계 사용에 대한 확신이 없다면 공방장에게 설명, 시범을 요청한다.

3. 손이 톱날 근처를 지나가지 않도록 지그를 만들어 사용하는 습관을 갖는다.

4. 타인이 작업하는 중에는 킥백 현상에 의해 다칠 수 있으므로 뒤에 서 있지 말아야 한다.

5. 톱날이나 비트를 교체할 때는 반드시 콘센트 전원을 뺀다.

6. 기계가 작동된 후에 작업을 시작하며, 작업 전 주변에 위험 요소가 없도록 정리한다.

7. 사용한 기계는 정지 버튼을 누른 뒤 동작이 멈춘 것을 확인하고 주변은 바로 정리한다.

8. 절대 장갑을 끼고 기계를 다루지 않는다.

9. 기본 보호 장비(방진 마스크, 보호 안경, 귀마개, 가죽 앞치마)를 꼭 착용한다.

10. 나풀거리는 상의와 바지, 슬리퍼, 구두 등 착용을 금한다.

재활을 잘 마친 모양인지 씩씩하게 일상으로 복귀한 후배에게 연락이 왔다. 다짜고짜 한다는 말이 의료 실비 보험료가 올랐다고 투덜댔다. 보험사 담당자가 직업이 바뀌었냐고 묻길래 목수 일을 하고 있다 대답했는데 상해 위험 등급이 1급에서 3급으로 변동되며 보험료가 올랐다는 것이다. 1년 전 직업을 바꾼 후배는 보험사에 고지할 의무가 있음을 몰랐다. 사고 위험도에 따라 직업, 직무별로 상해 위험 등급을 구분해서 보험료를 산정하기에 사무직보다는 현장직의 보험료가 더 높았다. 그렇다. 이 일은 보험료가 오르는 직업이다. 목수는 위험 직군에 종사하는 사람임을 다시 한번 실감했다.

공방은 어쩌기로 했냐는 물음에, 후배는 전보다 더 잘할 수 있을 것 같다고 말했다. 그래, 안전하게 하는 게 제일 잘하는 거지.

엄마의 식탁

"엄마, 나 배고파. 40분 뒤에 도착해요."

배가 고팠던 건 아니다. 배가 고팠으면 작업실 주변에 즐비한 식당에 갈 수도 있고 배달 음식을 주문할 수도 있었다. 호두나무로 만든 트레이 30개를 아마씨유 오일로 빡빡 문대며 마지막 마감을 하니 오후 1시. 주문 들어온 미닫이 그릇장 설계를 하고 부재 준비를 다 해놓고 보니 오후 5시를 조금 넘겼다. 집성한 판재가 경화되려면 여섯 시간은 걸릴 테니 저녁 시간이 할랑했다. 오랜만에 엄마 밥을 먹고 싶었다. 도란도란 사는 얘기 나누며 엄마의 일상에 머물고 싶었다.

마당에서부터 풍기는 음식 냄새가 예사롭지 않았다. "엄마 나 왔어!" 외투를 벗으며 힐긋 식탁을 봤다. 엄마도 똑같다. 우리네 모든 어머니처럼 자식의 배고프단 말에 가슴이 덜컹하고 코끝이 시큰하고 세상이 무너졌었나 보다. 열흘 내리 굶은 자식에게 먹일 것처럼 푸짐하게 차려진 음식을 보니 괜한 말을 했다는 생각이 들었다. 퇴근길에 장을 본 엄마는 숨 돌릴 새도 없이 저녁 식사를 준비했을 것이다.

내가 5년 전 만들어준 식탁에는 못 보던 그릇이 올라와 있었다. 한 주에 한 번 도자기를 빚으러 가는 엄마의 작품들이었다. 주먹만 한 흙을 동그랗게 굴려 손바닥으로 툭툭 쳐대고 손끝으로 조물조물 펴내 빚은 뒤 물 먹은 스펀지로 표면을 매끄럽게 다듬고 그늘진 곳에서 건조하고 몇 주 뒤에 유약을 바르고 가마에 굽고 깨질세라 신문지에 겹겹이 싸서 가져온, 처음 선보이는 신작이었다. 딸이 만든 식탁은 엄마의 작품이 놓인 작은 전시장이 되었다.

참나무로 만든 식탁과 등받이 의자를 선물하면서 "엄마, 아래 서랍도 달았어. 나무 레일이야. 자질구레한 거 여기 넣으면 돼요. 딸 낳기를 잘했지?" 칭찬을 종용하며 으스댔던 기억이 선명한데 식탁은 세월을 입고 한층 더 빛깔이 깊어져 있었다. "김 작가님 드디어 작품 가져왔네." 반기는 말은 들리지 않는지 엄마는 대답이 없었다. 배고픈 내 새끼 빨리 밥 먹이고 싶은 마음이 등에서도 보였다. 주방을 이리저리 오가는 엄마의 작품들은 전작보다 다듬어지고 예뻐져 있었다. 본인이 만든 근사한 그릇에 본인이 만든 맛깔 나는 음식을 정갈하게 담아 내어주면서도 엄마는 "엄마 딸이라 좋지?" 묻지 않았다. 얼마든지 좋다고 고맙다고 행복하다고 말해줄 수 있는데 얼른 앉아 밥 먹으라며 김이 모락모락 나는 새 밥그릇을 식탁 위에 놓았다.

"밥 먹다 굶어 죽겠네."

"딸 밥그릇인데."

엄마는 웃겨 죽겠다는 듯 깔깔거렸다. 만성소화불량인 딸을 위해 손수 만든 '내 딸 전용 밥그릇'은 손바닥에 올려도 가지 친 손금이 보이는 크기였다. 거의 파업 수준인 위장을 탑재한 딸을 생각해 일부러 작게 빚은 간장 종지만 한 밥그릇에는 한 숟가락이라도 더 먹이고 싶은 엄마의 욕심이 엿보였다. 밥그릇에 담긴 밥보다 위에 올라온 밥이 세 배는 돼 보이는 요상한 고봉밥을 먹으며 찬찬히 엄마의 그릇을 감상했다. 엄마의 손재주는 놀라웠다. 환갑이 지나 찾은 재능은 순식간에 피어났다. 정말이지 도자기를 안 배웠으면 숨겨진 재능이 어느 날 눈을 부릅뜨고 억울하다고 통곡을 했을 것 같다.

"만들 때는 동그랬는데 굽고 났더니 틀어졌어. 끝이 너무 얇았나 봐." "엄마는 이쪽에 있는 은은한 청색이 더 좋아." "꽃 모양이 좀 이상해. 다음엔 꽃잎을 여섯 개로 만들 거야." "손잡이만 붙이면 됐는데 바닥을 너무 얇게 해서 다시 만들었어."

내 입에 밥이 들어가기 시작하자 이야기보따리꾼처럼 그간의 일들을 풀어냈다.

"하면 할수록 뭘 더 해야 하는지 보여."

세상에나.

"엄마, 나도 나무 만질 때 그랬어. 조금씩 보이지? 정말 도예가 재밌구나."

"처음에는 이것저것 많이 만들고 싶어서 욕심을 냈는데, 하나를 잘 만드는 게 좋은 것 같아."

세상에나.

"맞아요. 하다 보면 진짜 마음에 쏙 드는 하나를 만들고 싶어져."

상상해본 적 없는, 믿기지 않는 대화였다. 엄마는 언제나 엄마였고 사는 얘기, 가족 얘기만 했으니까. 엄마와 이런 교감을 할 줄은 꿈에도 몰랐으니 정말로 세상에나였다. 노후에 취미 생활이 없으면 추억만 곱씹는다, 일상이 따분해진다는 얘기를 주워듣고 나랑 같이 도자기 배울래요? 자식들 다 키워놨는데 이제 엄마도 하고 싶은 거 해야지, 하고 권유했을 때 엄마는 못 이기는 척 "그래, 같이 하자"고 말했다. 그저 오래 떨어져 살았던 딸과 함께 보내는 시간이 좋아서였을 거라고만 생각했다. 하나를 만들며 궁리를 하고 다음 하나를 준비하고 이전의 아쉬움을 털어내며 다음 작업을 구상하는, 나와 똑같은 경험을 쌓아가고 있는 줄은 몰랐다.

도자기를 빚으러 갔던 수업 첫날, 엄마도 느꼈을까. 내가 처음 대패를 잡았을 때처럼. 손에 착 감기는 맛, 마음을 홀리고 빨아들이는 손끝의 감촉, 분명 소리는 들리는데 귀가 닫히는 경험, 주변 모든 사물이 보이지 않고 감각이 열리는 순간의 전율을.

도시 외곽에 작업실이 있는 송인길 도예 작가님은 시에서 운영하는 문화교실에서 처음 만났다. 하지만 코로나19 방역 지침으로 문화교실 수업이 중단되고 수업을 할 수 없게 되어 한동안 뵙지 못했다. 뒤늦게 찾은 재능을 맘껏 발휘해볼 새도 없이 아쉬움만 남긴 채 엄마는 다시 일상으로 돌아왔다. 그 후 2년 동안 도자기를 더 배우고 싶은 마음을 드문드문 내게 전했다. 마스크 대란이 났을 때도, 백신을 맞았을 때도 도자기가 눈에 아른거렸던 모양이다. 코로나19가 잠잠해질 즈음 엄마는 다시 도자기를 배우고 싶다고 말했다. 좋고 싫음이 분명한 그녀가 이렇게 몇 번씩이나 얘기하는 걸 보면 정말로 그게 좋은 것이었다. 문화교실 담당자에게 전화를 걸어 수업 일정에 대해 물었지만, 기대하는 답변은 돌아오지 않았다. 도자 수업은 앞으로 개설 계획이 없고 시설도 모두 철거했다고 했다. 여러 곳을 수소문하고 다녔지만 마땅치가 않았고 그렇게 두어 달이 흘렀다.

대청호 인근에 도예 작업실 겸 카페가 있다는 정보를 입수하여 엄마를 모시고 찾아갔다. 모처럼 딸과 하는 데이트가 즐거운 건지 도자기를 다시 배울 수 있다는 기대감 때문인지 엄마는 가는 길 내내 생글생글 웃었다. 카페 내부는 아기자기한 도예품으로 가득했고 엄마의 눈이 대청호의 윤슬처럼 반짝거렸다. 카페의 주인이자 도예 작가인 여성분이 다가와 도자기에 관심이 있냐 물었고 엄마는 짧게 배웠다며 수줍게 말했다. 카페 안쪽에 마련된 수장고로 엄마와 나를 불러들인 작가는 자신의 작품을 자랑스럽게 설명했다. 엄마가 물었다. "수업도 하시나요?" "아뇨, 일반인 대상으로 수업 안 합니다. 그런 코일링 장난 같은 건 안 해요." 작가는 단호하게 대답했다. 혼자 300평이나 되는 정원을 가꾸며 으리으리한 작업실을 꾸리고 혼신을 다해 멋진 작품을 만드는 작가의 자부심이 한순간에 못나 보였다. 그렇게 단호하게 말하는 데에는 나름의 사정이 있겠지만 다른 사람의 순수한 관심과 애정을 장난으로 치부하는 발언은 듣기에 거북했다. 나는 엄마의 뒷모습에서 민망함을 읽었다. 가로수 길을 달리며 볕이 좋다고 딸이랑 바람 쐬러 나오니 기분이 좋다고 웃던 그녀의 얼굴이 아주 잠깐 어두워졌다. 딸이라서 알아챌 수 있는 순간적인 표정 변화에 괜히 왔다 싶을 만큼 속이 상했다. 정원에 멋들어지게 핀 꽃과 잔잔한 호수를 보아도 엄마는 아까처럼 웃지 않았다. 실망한 거다.

어떻게든 그녀를 다시 웃게 해주고 싶었다. 한 계절이 쏜살같이 지나고 엄마의 도예 선생님이었던 송인길 작가의 작업실을 찾아갔다. 여전히 수더분한 웃음, 곱슬곱슬한 머리로 반겨주는 선생님에게 엄마는 대청호 때보다 더 조심스럽게 물었다. "여기서 수업도 하시나요?" 선생님은 그렇다며 흔쾌히 다음 주부터 나오시라 하신다. 그때 함께 배운 분들도 나와서 작업하고 있다고. 왜 진작 연락해보지 않았을까.

바쁜 딸에게 채근하지 않고 어쩌다 한 번씩 도자기가 배우고 싶다 넋두리하듯 뱉었던 엄마의 진심을 더 살뜰하게 들여다보았더라면 좋았을걸. 엄마는 궂은 날씨에도 몸이 아파도 월요일만 되면 한결같이 도시 외곽으로 나갔다. 그리고 그곳에서 하루 종일 흙을 빚었다. 내가 나무를 깎으며 행복해하는 것처럼 엄마에게는 흙이 그런 존재였다.

내 재능은 내 것만이 아니었다. 나는 엄마 아빠의 손재주를 물려받았고 엄마는 외할머니와 외할아버지의 손재주를 물려받았고 외할머니는 할머니의 부모님께, 외할아버지는 할아버지의 부모님께 물려받았을 것이다. 세대를 거슬러 내려온 재주가 내 몸을 타고 무언가를 만들어내고 있다. 그들 덕분에 나무를 만지며 사는 행복한 내가 있다.

문득 지난날을 돌아보면 지금의 일상을 만들기까지 어떻게 일궈온 삶인가 싶어서 하루의 소중함에 감격할 때가 있다. 엄마가 어떻게 일궈온 삶과 할머니가 어떻게 일궈온 삶을 두고 보면 내가 살아온 어떻게는 훨씬 유리한 조건이었다. 나는 그들이 물려준 태생적 재주를 갖고 태어나 그들보다 배움의 기회가 많고 꿈을 펼치기 좋은 세상에서 자라며 일곱 살에 재능을 찾았고 엄마는 60이 되어 재능을 찾을 기회를 얻었다. 나의 '어떻게'에는 엄마의 응원과 헌신이 있었다.

"선생님 작업실 논산으로 이사 간대. 건물 짓고 있나 봐."

아쉬움과 서운함이 묻어나는 목소리다. 한 시간 정도 거리니 계속 다니면 되지 않냐 물으니 왔다 갔다 운전하기 힘들어서 이사 가기 전까지만 다닐 거라고 엄마는 대답했다.

"나중에 내 작업실 지으면, 그 옆에 도자기 작업실이랑 찻집 같이 차려줄게요. 엄마가 만든 그릇이랑 컵이랑 거기서 쓰면 좋잖아."

나중에라는 밑도 끝도 없는 미래를 걸고 그녀의 꿈에 희망을 한 스푼 털어 넣었다. 엄마는 믿지 않는 눈치였지만 바리스타 자격증을 따겠다며 명랑하게 말했다. 커피 한 모금에도 밤잠을 설치는 엄마가 바리스타가 될 포부를 밝혔다.

참 이상하다. 사랑하는 사람을 지켜주고 싶을 때 정말 열심히 살아야겠다는 생각이 절절하게 든다. 엄마가 만든 음식이 엄마가 만든 그릇에 담기고 엄마의 그릇은 딸이 만든 식탁 위에 놓이는 일상의 장면이 요상한 고봉밥만큼이나 뜨끈한 힘을 솟게 한다. 엄마가 나의 꿈을 응원했듯이 내가 엄마의 꿈을 응원하고 지켜줄 차례가 됐다.

찻집은 당장 못 차려줘도, 얼마든지 만들고 싶은 만큼 실컷 빚어서 마음껏 전시하라고 더 큰 식탁을 만들어줄 수 있으니 부디 오래오래 건강만 하시라.

삶의 경이

마지막 작품

한 치 앞을 내다볼 수 없는 인생의 법칙을 무시하고 세운 당찬 계획은 마지막 작품에 관한 것이다. 한 달 뒤에 무얼 할지, 1년 뒤에 어떤 작업을 하고 있을지는 몰라도 현재 진행형인 대작업은 바야흐로 20년 전부터 시작되었으며 전 과정을 착실하게 수행하고 일생 통틀어 공을 들여야만 완성할 수 있다.

이십대 초반, 첫차를 타기 위해 새벽부터 버스터미널로 가서 내키는 대로 지역을 고르고 떠나는 유랑의 취미를 즐겼다. 스마트폰이 없던 시절, 관광 지도 책자가 있는 것이 더 이상한 허름한 시골 터미널에 하차한 순간부터 대한민국은 나와 같은 언어를 구사하는 사람들이 모여 살고 내 지갑에 든

돈과 똑같은 화폐를 쓰지만 낯선 땅이었다. 랭보처럼 바다를 건너지도 럼주를 마시지도 못하였으나, 경기도, 경상도, 전라도, 충청도 여기저기 도로 표지판을 보고 발길이 닿는 대로 쏘다녔다. 유랑을 멈춘 건 일본행 편도 티켓을 끊은 초여름이었다. 연둣빛 이삭을 전부 익혀버릴 기세로 뜨거운 볕이 내리쬐었고 아지랑이 사이로 농약 냄새가 섞인 바람이 참참이 불어오는 농촌 마을이었다. 아스팔트의 열기와 따가운 햇볕을 피해 좁은 비탈길을 오르니 농업용수로 쓰는 아담한 저수지가 나왔다. 저수지를 오른쪽에 끼고 인적 드문 오솔길을 따라 걷는데 숲 어귀에 수직으로 서 있는 높다란 자작나무가 단번에 눈에 들어왔다. 초여름 기운을 듬뿍 흡수한 등줄기에 구슬땀이 또렷한 궤적을 남기며 중력을 따라 흘러내렸다.

첫눈에 반해버린, 나중에 묻혔으면 하는 풍경이었다. 내 육신이 언젠가 머무르게 될 곳을 풍경화처럼 기억해두고 싶었다. 사는 동안 언제든 떠올릴 수 있는 안정감이 필요했다. 나를 기억하고 찾아올 몇몇 사람들에게 좋은 풍경을 보여주고 싶다는 이타적인 마음도 있었다. 살다가 문득 그리울 때 아름다운 풍경도 같이 떠올린다면 덜 먹먹할 테니.

나를 자연계로 상징할 수 있다면 단연 나무이길 바랐다. 수목장이란 장묘 문화가 한국에 처음 등장했던 때라 자작나무와 한 몸이 되면 좋겠다며 급한 대로 손바닥에 마을 이름을 적었으나 돌아오는 터미널 화장실에서 비눗물에 씻겨 하수구로 떠내려갔고 지명은 영영 상실됐다. 팍팍한 하루하루를 밀린 숙제하듯 살아가면서도 자작나무 한 그루가 서 있는 그 여름의 풍경을 떠올리면 숨이 쉬어졌다. 병든 마음 버리고 불편한 몸을 벗고 공중으로 떠올라 숲으로 가곤 했다. 내 자리, 세상에 없던 내 자리가 거기에 있었다. 아무도 찾아 부르지 않는, 아무도 흔들어 깨우지 않는 꼭 맞춘 듯 안겨 쉴 품. 순백의 관이었고 나의 나무였다. 하지만 내 멋대로 아무 나무에나 수목장을 할 수 없다는 걸 알게 됐고, 전국을 쏘다니던 날들은 순진한 공상이 되어버렸다.

기묘한 운명처럼 나무를 다루며 사는 사람이 되어서 상자 하나쯤은 거뜬히 만들게 되자 훗날 내 골분을 담을 자작나무함을 짜두어야겠다는 생각을 했다. 딸아이가 태어나면 시집갈 때 장을 짜주기 위해 오동나무를 심었던 조상들의 풍습처럼. 자작 유목이 함을 짤 만큼 자라는 시간을 고려해서 만 쉰 살이 되기 전에 작업실 한 편에 자작나무 묘목을 심자는 계획을 세웠다.

그러나 환영으로 남은 숲이라 할지언정 두 눈에 각인된 풍경은 좀처럼 지워지지 않았다. 여전히 나무 일부가 더 되고 싶었다. 기어코 나는 자기 집 정원에 수목장을 할 수 있는 법적 자료와 조건, 신고 방법까지 정리해놓은 한 블로거의 글을 찾아냈다. 모처럼 통쾌함을 느꼈다. 작업실에 심은 나무가 나의 관이 될 수 있다니! 젊은 날에 그칠 줄 알았던 공상에 현실 가능성을 더했다. 거저먹듯 블로거가 수집한 정보를 저장하고 출력했다. 위도가 높은 지방, 사람 손때를 타지 않는 깊은 산속에서 200년까지도 사는 자작나무는 환경에 따라 그 수명이 50년에서 80년으로 단축된다. 일단 추위를 잘 타고 멧돼지와 고라니가 출몰하는 깊은 산에 살 용기는 천년이 지나도 없을 예정이므로 작업실에 심을 자작나무는 대략 수령이 50년쯤 될 것이다. 인생 무대의 반경이나 세상이 바뀌는 속도를 보아 내가 죽고 30년이면 기억하는 사람도 없고, 존재했다는 흔적도 사라질 것이다. 자작나무는 가문비나무나 전나무 씨앗이 날아와 자기 키보다 더 커지면 그들에게 땅을 넘기고 사라진다고 하니 50년이면 충분했다.

블로거의 글을 출력하고 얼마 지나지 않은 어느 날, 우드플래닛 육상수 대표님이 유튜브 영상을 하나 보내왔다. 가수 최백호의 〈바다 끝〉이라는 곡이었다. 자작나무 한 그루가 무럭무럭 자라는 작업실 정경을 상상하며 일상의 활기를 되찾은 내 앞에 툭 하니 펼쳐진 최백호의 바다는 짠 바람도 없고 파도 소리도 없는 생의 끝자락이었다. 유랑을 멈춘 초여름의 야트막한 오솔길에 서 있던 자작나무가 나의 안식이었던 것처럼 육상수라는 한 사람이 가슴에 품은 안식처는 바다였을까. 이종명의 가사와 최백호의 목소리는 나와 관계한 인연을, 욕심을, 추억을, 상처를 밀어내고 놓아줬다. 작업실에서 육 대표님의 안식처를 반복해 듣다가 생각했다. "가자, 나의 삶이 있는 곳으로!"를 매일 아침 외치면서 어째서 이다지도 마지막에 민감하게 반응하는 것인지. 전 생애에 걸쳐 만들려는 내 무덤을 일생일대의 성취로 여기는 이유가 뭘까.

한두 번 겹친 우연은 아니었던 것 같다. 어릴 적부터 나의 교감신경 세포가 안테나를 바짝 세우고 격렬히 추적했던 건 예술가의 영혼이 투사된 마지막 작품이었다. 이 끌림의 원인을 딱 꼬집어 말할 수 없지만, 한 인간이 절절히 자기 자신을 살았던 태도를 경외하는 마음과 작품에 뱉어낸 마지막 숨에서 느껴지는 생의 의지를 흠모하는 마음이 뒤섞여 있는 건 분명했다.

프랑스 인상파 화가 클로드 모네에겐 특별한 정원이 있었다. 정원은 일년생 식물과 다년생 식물이 번갈아 심어져 있어 1년 내내 각양각색의 꽃들이 피었다. 정원의 색채의 향연이 물감 팔레트와 흡사하다 하여 모네의 정원은 팔레트 정원이라는 별명이 있었다. 모네는 말년에 정원에 자리한 수련 연못을 그리는 데 모든 열정을 바쳤는데 그 기간이 무려 30여 년이었다. 그가 남긴 2천여 점의 유화 중 수련 연못 그림이 250여 점이나 되니 하나에 꽂히면 병적으로 파고드는 그의 광기에 가까운 집착은 실로 대단했다.

모네가 얼마나 빛과 색채에 민감했는지는 첫 번째 부인 카미유의 죽음에 얽힌 유명한 일화에서도 알 수 있다.

내게 너무도 소중했던 한 여인이 죽음을 기다리고 있고, 이 제 죽음이 찾아왔네. 그 순간 나는 너무 놀라고 말았네. 시 시각각 짙어지는 색채의 변화를 본능적으로 추적하는 나 자신을 발견했던 것이네. 어찌 보면 이제 영원히 우리 곁을 떠나려 하는 사람의 마지막 이미지를 보존하고 싶은 마음 은 자연스러운 것일까? 그 특징을 잡아내야겠다는 생각을 떠올리기도 전에 나의 깊숙한 본능은 벌써 색채의 충격에 반응하고 있었다네.▲

부인의 죽음 앞에서도 색채와 빛의 변화를 감지하고 그 림으로 옮기고 싶다는 충동이 일었던 그가 백내장으로 시력 을 잃어가는 말년을 보내며 지인에게 쓴 편지가 있다. "이제 실제 관찰이 아니라 기억에 남는 인상에 의존해서 그림을 그

▲   모네가 조르주 클레망소에게 보낸 편지 중 일부이다. 용산 전쟁기념관에서 열린 〈모네, 빛을 그리다 展〉에서 보고 기록해두었다.

려.""침침해. 하늘이 누렇게 보여. 모든 곳에 안개가 낀 것 같아. 세상은 여전히 아름다운데, 나는 별로 행복하지 못해." 모네가 고백하는 부분에는 절망과 우울의 추를 달고 어둠 속으로 추락하는 한 인간이 느껴진다. 모네는 냉담한 조롱과 원색적인 비난을 받으면서도 10퍼센트의 시력만 남은 왼쪽 눈에 의지해 계속 그림을 그렸다. 백내장 수술을 받고 후유증을 앓으며 괴로워했던 그는 모든 것을 승화한 듯 눈이 더 불편해져도 상관없다며 다시 팔레트 정원에 앉았다. 이것이 자신의 마지막 작품이 될 것이라 느끼며 영혼의 눈을 떠 최후의 붓질을 했다.

나는 그림보다 인간 모네가 궁금했다. 화가였던 당신에게 눈을 잃는다는 건 어떤 종류의 사건이었는지, 지금 그리고 있는 그림이 자기 인생의 마지막 작품이 될 것을 예감하는 순간 바라본 세상은 어떤 빛깔이었는지, 붓질을 마치고 팔레트 정원을 빠져나왔을 때도 숨은 여전히 뜨거웠는지, 그에게 묻고 싶은 것이 많았다. 모네가 운명에 맞선 것인지 굴복한 것인지 모르겠다. 단지 모네가 자신을 진실로 살았다고밖에 생각되지 않았다.

이십대의 통과의례인 혼란과 절망이 내게도 찾아왔다. 그리고 여느 이십대처럼『입 속의 검은 잎』을 가방 속에 넣고 다녔다. 어딜 가든지 가지고 다녔다. 집에 휴대전화를 두고 나와도 개의치 않았지만, 기형도의 시집을 두고 나오면 타던 버스에서 내려 집으로 되돌아가 챙겨 나왔다. 기형도는 랭보를 떠올리게 하는 시인이었다. 랭보의 공격적이고도 심오한 시풍을 생각한다면 어울리지 않는 연상이다. 타고난 성품이나 생전 일화나 좀처럼 닮은 구석이 없는 그들을 나의 죽마고우처럼 여기며 지낸 데에는 두 사람이 서로 다른 시대에서 서로 다른 말투로 나의 감정과 욕망과 결핍에 응답하고 있었기 때문이다.

랭보는 그의 시를 접하기 전에 생애를 먼저 알게 됐다. 중학교 졸업을 앞둔 겨울방학이었다. 도서관에서 책 제목만 보고 뽑아 든, 읽기 전부터 덜컥 겁이 나는 두꺼운 책, 『랭보, 지옥으로부터의 자유』를 단숨에 읽어버리고 나서, 랭보가 소설 속 주인공이 아니며 프랑스 상징파 천재 시인이라 칭송받는 실제 인물이라는 것을 알았다.

랭보가 시인이 되기로 결심하고 열 살 연상의 시인 베를렌과 여행을 떠난 무렵의 나이가 나와 같았으므로 동갑내기 친구의 위험한 모험담은 충격에 가까웠다. 그는 방탕과 유랑을 반복하며 자신을 철저하게 타락시키는 자유를 누렸고, 천부적인 재능을 절필로써 내치는 기고만장함을 지녔으며 재물을 탐하고 결혼을 꿈꾸는 모순적인 인간상이었다.

스물한 살의 레오나르도 디카프리오가 랭보를 연기한 영화 〈토탈 이클립스〉를 보며, 생존했다면 120살은 족히 넘었을 할아버지 대신 잘생긴 소년 랭보와 재회했고 또 한참 동안 그의 유일한 시집 『지옥에서 보낸 한철』을 읽으며 거친 반항심을, 날것 그대로의 비탄과 희망을 사랑했다. 사춘기의 풍랑을 랭보와 함께했고 청춘의 암울함은 기형도와 함께했다. 기형도의 시는 랭보와 달랐다. 그는 내면에서 들끓는 감정을 서정적이고도 관조적인 어조로 토해냈다. 기형도의 자아 성찰적 소회라던가 추상으로 변모한 생의 의지는 자기파괴에 특출난 재능을 가진 나의 독을 푸는 해독제 역할을 해주었다. 그의 다른 시집을 찾아 교보문고에 들렀다가 『입 속의 검은 잎』이 그의 첫 시집이자 유고작이라는 걸 알았다. 그는 문학 동아리인 연세문학회에 들어간 것을 계기로 작품 활동을 시작했고 시집 출간을 앞두고 종로에 있는 극장에서 숨진 채 발견되었다고 했다. 내가 기댔던 한 세계와 그 세계의 주인이 완전히 사라졌음을 알리는 건조하기 짝이 없는 인물 정보를 훑고 나니 그의 존재는 썰물처럼 무無를 향해 빠져나갔고 내 빈 가슴속엔 외로움이 밀물처럼 몰려왔다.

내 친구 37세의 랭보가, 28세의 기형도가, 31살의 전혜린이 짧은 생을 살다 떠났다. 긴 시간 많은 대화를 나누고 싶은 사람들은 어찌 이리 앞서 살고 재빨리 세상을 등지는지.

그들의 멈춰버린 생을 넘어 전진하는 내가 홀로서기를 할 수 있을까. 몸과 마음으로 견뎌내는 절절함이 묻어나는 삶을 살 수 있을까. 그들이 아주 오래 살다 갔다면 얼마나 좋았을까. 뒤따라가는 내 늙음으로 그들과 평생지기 친구가 될 수 있었을 텐데. 어쨌든 목숨껏 살아야 하는 나는 그들이 남긴 흔적을 손에 꼭 쥐고 자기 의심의 구멍을 메우는 버릇을 갖게 되었다.

그들에게 중요했던 건 작품이 아니었을지도 모르겠다. 그들이 남긴 것, 내가 느끼고 보았던 것은 살아 있다고 몸부림쳤던 잔해일 뿐인지도. 남은 사람에게나 작품인 거고, 그가 천재인 거고, 시대의 족적인 것이겠다. 남겨진 사람에게나 그들의 비애가 애통하고 아름다운 것이겠다.

김복진에서 권진규로 이어지는 한국 근현대 구상 조각의 계보를 잇는 조각가 류인은 좀처럼 친해지기 어려운 존재였다. 그는 손이나 상체, 다리와 같은 신체 특정 부위만을 왜곡하거나 해체하는 방식으로 극대화했고 근육의 긴장과 이완을 정교하게 구현하면서 인간의 근원적인 고통을 조형 언어로 보여주는 작가였다. 역동적인 힘을 분출하는 그의 작품은 내가 감당하기엔 벅찬 에너지였고 나는 그가 건장한 체격의 사람일 거라 생각했다. 의외로 그는 볼이 홀쭉했고 살집이라고는 없는 마른 몸이었다. 내면의 에너지가 팽창할수록 그는 살갗이 찢어질 듯 온몸이 아프지 않았을까. 버틸 재간이 있었을까. 그는 분명 작품에 쏟아내지 않고선 못 배겼을 것이다.

뭐 눈에는 뭐만 보인다고 나무장이의 시선을 끈 건 그가 나무뿌리를 오브제로 하여 조각한 1997년 작품이었다. 이전 작품과는 사뭇 다른 분위기의 그 작품을 찬찬히 뜯어보았다. 잿빛색의 흙의 원형질이 그대로 드러난 상반신은 빼빼 마른 청년의 모습이었는데 흡사 핏기가 없는 시체처럼 느껴졌다. 심연으로 가라앉고 있는 듯 공중에 떠 있었고 굵직한 나뭇가지가 왼쪽 가슴을 관통했다. 하반신은 굵직한 나뭇가지와 연결된 생명력이라고는 느껴지지 않는 나무뿌리였다. 제목 미상인 이 작품은 그가 작업실에서 작업하다 병마와 싸우느라 멈춘, 미완에 머문 채 보관되어온 그의 마지막 작품이었다. 쇠약해져가는 자신의 육체를 정면으로 응시했던 것 같다. "작품은 결국 우리가 살아 숨 쉬고 있는 현실에 대한 깨우침이며, 살아 있는 모습과 이유에 대한 되물음이며 확인이다. 작가로서 이것조차 잃는다는 것은 얼마나 안타까운 일인가!"라고 말하던 그의 위풍당당하고 격정적이었던 전작에 반해 마지막 작품은 쇠락을 맞이한 영혼의 고독을 달래는 듯했다. 떠날 것을 예견했다는 듯. 소멸을 보고 있다는 듯.

사람들은 태어나 죽는 순간까지 행복을 갈망하고 불행을 회피하려 하면서도 예술가의 비애 젖은 삶에는 매료된다. 보이는 방식만 다를 뿐 기쁨과 슬픔을 느끼고, 먹고사는 문제와 씨름하는 한 인간의 생애인 건 동일한데도. 그들이 느끼는 고통을 통해 삶의 신비를 엿보는 것일까. 냉혹한 현실에 맞선 영혼의 승리를 탐닉하며 대리만족하는 걸까.

나는 아니었다. 사방이 막힌 세상 속에서 유일하게 벗이 되어주었던 그들의 짧은 생의 광명은 너무나 공허하게 느껴졌다. 그토록 절절하게 자기 자신으로서 살았던 사람들의 때 이른 죽음에 배신감을 느꼈고 너무 늦게 안 친구의 부고에 슬퍼할 수 없어서 슬펐다.

한 치 앞을 내다볼 수 없는 인생의 법칙을 무시하고 세운 당찬 계획이 내 무덤 만들기인 이유는, 그들의 죽음이 상처로 남았기 때문이다. 제발 자신을 잘 돌보고 오래 살아서 당신의 노년의 삶까지 뜨겁게 마주하라는 애타는 마음이 세상에 지지 않고 굳세게 살아가겠다는 다짐으로 자라났다.

나의 오랜 벗, 랭보와 기형도와 전혜린을 대신해 씩씩하게 해낼 작정이다. 난 부지런히 작업하고 열심히 일해서 토지건물등기부상 내 이름이 번듯하게 올라간 작은 정원이 있는 작업실을 만든 뒤, 자작 묘목을 심을 것이다. 그리고 건강한 몸과 마음으로 작품을 만들며 세상과 교감하는 매일을 살아가야 한다. 해 질 무렵 볕이 닿는 땅, 이리히에서 순백의 나무를 키우고 지키며 온 힘을 다해 나의 생을 껴안을 것이다. 어느 한 날에 활짝 웃으며 잘 있다 간다는 말도 꼭 하리라.

일생 통틀어 공을 들여야만 하는 마지막 작품은 경이로운 이번 생을 완주하고 마침표를 찍는 그 순간 완성될 것이다.

작품들

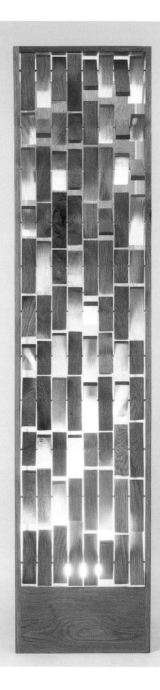

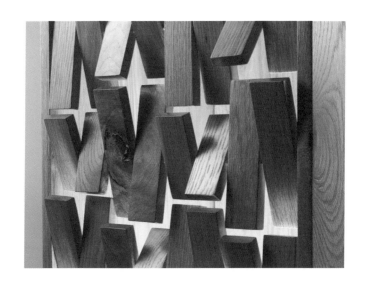

〈의식의 램프〉, 2016. 적참나무, 177×41×37cm

빛은 존재의 원천이며 시각적 인지는 존재의 재현이다. 그러나 눈으로 지각한 실체만이 존재의 유무를 나누는 것은 아니며 많은 순간, 의식이 봄visus를 앞서간다. 의식의 램프는 아날로그 방식의 단순한 접근으로 빛과 의식의 반응interaction을 이끈다. 내면의 비가시적인 존재(고차원적인 감정, 목적을 가진 욕망, 태생적 기질 등)를 빛으로 전환하여 가시적인 세계로 확장시키고, 적극적이거나 은밀하게 공간에 재현한다.

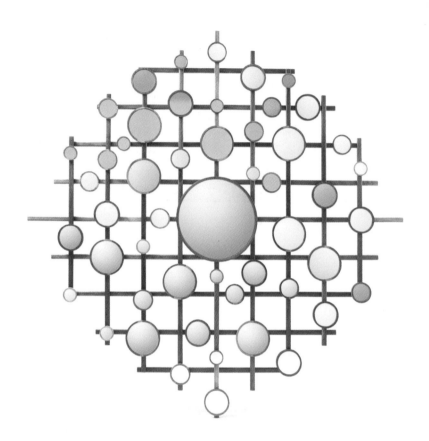

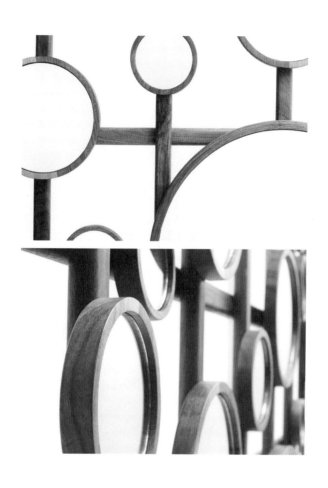

〈인드라망〉, 2016. 호두나무, 거울, 220×220×6cm
인드라망은 인드라Indra의 그물로 무한히 넓고, 이음새
마다 구슬이 꿰어져 있다. 이 구슬은 서로를 비추고 비
추어주는 관계를 상징하며, 이것이 바로 세상의 모습
이다. 인드라망을 통해 세상을 구성하는 모든 것들은
개별적이지 않고 서로에게 빛과 생명을 주는 구조 속에
서 더불어 존재한다는 메시지를 전달하고자 했다.

〈호랑이〉, 2022. 은행나무에 채색,
大: 25×20.5×10cm , 中: 15.5×13.5×8cm, 小: 11×10×6cm
무형문화재 목조각장 김종연 장인을 사사함.

〈목침〉, 2023. 소나무, 은행나무, 10×31×10cm
무형문화재 목조각장 김종연 장인을 사사함.

〈매화 꽃 표주박〉, 2023. 느티나무,
大:19×23×19cm, 小:9×12×5cm
무형문화재 목조각장 김종연 장인을 사사함.

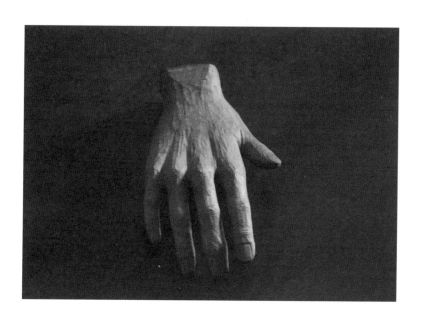

〈나의 손〉, 2021. 산벚나무, 17.5×11×5cm

〈새〉, 2022. 산벚나무, 참나무, 15×8.5×13cm

〈멜랑콜리아Melancholia〉, 2023. 은행나무, 14×10×4cm

첩첩산중 일월오봉도를 생각하며

지지 않는 꽃이 피어났다